suhrkamp taschenbuch 4936

Sommer 1986. Berlin-Charlottenburg. Ein Mann steht auf der Leiter und streicht die Decke einer Altbauwohnung, in die er mit seiner Gefährtin einziehen will. Da verliert er das Gleichgewicht und stürzt in die Tiefe.

Danach ist nichts mehr, wie es war. Brutaler hätte der Aufbruch zweier Menschen in die gemeinsame Zukunft kaum scheitern können. Der Kampf mit der Querschnittslähmung und die erzwungene Verlangsamung des Alltags müssen sich in einer Umgebung behaupten, die sich mit dem Mauerfall rasant verändert. Iranische Oppositionelle, russische Neureiche, Roma-Flüchtlinge aus dem zerfallenden Jugoslawien ziehen ein. Unten auf der Straße wird das Leben nicht nur schneller, sondern lauter, roher, gewalttätiger. Dann leert sich das Haus. Am Ende bleibt das alte Liebespaar – und der lebenslange Versuch, standzuhalten.

Ulrike Edschmid, geboren 1940 in Berlin, aufgewachsen in der Rhön/Hessen, studierte Literaturwissenschaft, Pädagogik und an der Deutschen Film- und Fernsehakademie Berlin. 2013 erhielt sie den Grimmelshausen-Preis der SWR-Bestenliste für ihr Lebenswerk, 2014 den Cotta-Literaturpreis. Zuletzt erschienen: *Nach dem Gewitter* (2003, st 3481), *Die Liebhaber meiner Mutter* (2006), *Das Verschwinden des Philip S.* (2013, st 4535) und *Frau mit Waffe* (2014, st 4541).

Ulrike Edschmid

Ein Mann, der fällt

Roman

Suhrkamp

Erste Auflage 2019
suhrkamp taschenbuch 4936
© Suhrkamp Verlag Berlin 2017
Suhrkamp Taschenbuch Verlag
Umschlagabbildung: Ulrike Edschmid
Umschlaggestaltung: Hermann Michels und Regina Göllner
Druck: CPI – Ebner & Spiegel, Ulm
Printed in Germany
ISBN 978-3-518-46936-1

Ein Mann, der fällt

»*Falling man* ist nicht Ikarus, sondern der Mensch, der auf die Erde verurteilt ist zu fallen und dort zu leben – auf die Erde mit ihren Schrecknissen und Schönheiten – herausgeworfen aus dem Traumschiff, in dem die Engel weiterziehen.«

Max Beckmann zu seinem Bild *Abstürzender*
aus dem Jahr 1950

Sein altes Fahrrad lehnt noch an der Hauswand. Ich steige die Treppe hinauf. Erst jetzt bemerke ich, dass der Aufzug nicht funktioniert. An der Wohnung immer noch der Aufkleber mit dem Datum der letzten Ungezieferbekämpfung. Daneben eine Benachrichtigung vom Polizeirevier. Herausgebrochenes Türholz. Ich gehe durch den vorderen Flur in das große Durchgangszimmer. Mein gestreifter Overall liegt dort, wo ich ihn vor zwei Tagen ausgezogen hatte. Im hinteren Flur kann ich mich nicht mehr auf den Beinen halten. Lange bleibe ich auf dem Boden sitzen. Dann raffe ich mich wieder auf, sammle vom Notarzt zurückgelassene Spritzen, Schläuche und Plastikverpackungen ein. Von der Wand in der Kammer, vom Türrahmen, von der Tür wische ich den dunkelroten Abdruck seiner Hände weg. Die Hände irren auf der Wand umher, als suchten sie etwas. Einen Halt. Ich schrubbe das angetrocknete Blut vom Boden, lehne die umgekippte Leiter gegen die Wand, rolle die zwei Teile seines zerschnittenen Ledergürtels zusammen. Seinen am Rücken aufgetrennten Arbeitsanzug kann ich nicht wegwerfen und nicht behalten. Ich kann ihn nicht in die Waschmaschine stecken und wieder zunähen. Am Abend lege ich das Bündel unter einen Baum und bedecke es mit Zweigen.

1 Die Wohnung ist eine verlassene Baustelle. Die Wände aufgeschlitzt, Stromkabel liegen herum. Überall Mörtel. Teppichfliesen, auf die Parkettböden geklebt. Mehrere Schichten Tapete. Leeres Bad mit Betonboden. Ganz hinten die Küche, ohne Herd, ohne Heizung. Wenn der Koch im spanischen Restaurant zwei Stockwerke tiefer seinen Ofen anwirft, zieht der Geruch von Knoblauch und Meeresfrüchten zum offenen Fenster herein. Eines der sechs Zimmer ist rot gestrichen, auch die Decke. Eine Schiebetür mit Jugendstilscheiben – zugenagelt. Die Klinken an den Zwischentüren abmontiert. An anderen Türen aufgebrochene Vorhängeschlösser. Waschbecken in den Zimmern. Ein heruntergekommenes Wohnheim, ein aufgegebener Unterschlupf für Menschen, die eine Schlafstelle gesucht haben und eine Arbeit ohne Papiere. Eine Küchenschabe hat die Ungezieferbekämpfung überlebt. Sie kommt aus dem roten Zimmer, eilt über den Flur, durchquert das Durchgangszimmer, wendet sich nach links zur offenen Balkontür und verschwindet.

Das Haus steht an einer Kreuzung. Ein Eckhaus. Der Verkehr rollt über eine breite Straße an den beiden vorderen, nach Norden gelegenen Räumen vorbei. Die anderen Zimmer ziehen sich mit Blick nach Osten in die Nebenstraße hinein. Gegenüber eine mächtige Eiche, die alles überragt, auch die Spitzen der beiden jungen Ahornbäume. Eigentlich ist die Wohnung für uns zu groß. Aber sie ist die erste seit drei Jahren, für die vom Vormieter kein Abstand verlangt wurde. Der letzte hatte dreißigtausend Mark für eine in die Mitte eines Durchgangszimmers eingebaute Wendeltreppe aus Eichenholz gefordert. Auf den Stufen standen Zinnkrüge. Die Treppe endete an der Decke, und der oberste Krug berührte die Stuckrosette.

Die Vermieterin, eine alte Griechin, die seit mehr als einem halben Jahrhundert in Berlin lebt, trägt an ihrem angewinkelten linken Arm eine aus der Mode gekommene Handtasche, wie man sie von der englischen Königin kennt. Im Zweiten Weltkrieg hatte sie ein Gelübde getan. Wenn Gott ihr Haus vor den Bomben verschone, würde sie im Parterre eine orthodoxe Kapelle einrichten. Zum Gottesdienst schreitet sie jetzt mit anderen Griechen durch eine schmale Tür am Ende des Eckhauses. Dann hört man Stimmen, Melodien, fremd und demütig. Ab und zu rattert eine S-Bahn durch den Gesang über die nahe Brücke. Ihrem Sohn, schmächtig, klein und krank, hat sie die Aufsicht über das Haus aufgebürdet. In der dritten Etage teilt er Bad und Küche mit fünf anderen Mietern. Sonntags geht er im kurzen schwarzen Mantel, auf einen Stock gestützt, zu seiner Mutter zum Essen und nimmt Beanstandungen entgegen, die er den Mietern während der Woche hinterherschreit, wenn er sie auf der Treppe oder auf der Straße zu Gesicht bekommt.

Wir nehmen ein Kofferradio mit in die Wohnung. Weil wir nicht wissen, wo wir anfangen sollen, zerren wir an den Teppichfliesen. Darunter gerissenes Tafelparkett. Um nicht den Mut zu verlieren, beginnen wir mit den kleinsten Räumen. Ich streiche die Speisekammer, und er verputzt eine Wand in der Kammer zum Hof. Dann reißen wir Tapeten ab. Unter den Tapeten Zeitungen mit Bildern und Namen aus unserer Kindheit. Adenauer, Währungsreform, Einführung der neuen deutschen Mark, Eisenhower, amerikanische Soldaten, Luftbrücke und die Rosinenbomber. Wir haben nur eine Leiter. Ich löse die Tapeten unten ab, er oben. Ich halte die Leiter fest, wenn sie schwankt, eine alte Holzleiter, auf der er rittlings steht. Sie ist so hoch, dass er bis an die Decke kommt. Wenn er sie zwischen die Schenkel nimmt, kann er sie mit kleinen Sprüngen hin- und herbewegen. Wir sitzen nebeneinander an eine rohe Wand gelehnt und stellen uns frisch gestrichene weiße Räume vor. Das jetzt noch rote Zimmer soll sein Arbeitszimmer werden. Der halbrunde Raum an der Ecke könnte meine Nähwerkstatt sein. Er ist so groß, dass ich die Stoffe, die ich verarbeite, auf dem Boden ausbreiten kann. Dann würde sich ein kleineres Gästezimmer anschließen. Im riesigen Durchgangszimmer könnte ein langer Esstisch stehen. Danach käme mein Arbeitszimmer. Im anschließenden Raum würden wir schlafen. Wir ziehen unsere staubigen Overalls aus und lieben uns in leeren Zimmerfluchten.

2 Am Morgen des 27. Juli 1986 bringt er mich zum Flughafen und stellt das Auto vor seiner Haustür ab. Er geht nach oben in sein Zimmer und wechselt die Kleider. Er zieht den verwaschenen Arbeitsanzug an, darüber den schmalen Ledergürtel, den er nachts, wenn er zu mir ins Bett kommt, zu einer Schnecke zusammenrollt. Dann steigt er aufs Fahrrad und lässt sich durch das sonntägliche Schweigen in der Lietzenburger Straße treiben. Später erinnert er sich an den warmen Wind. Es sei so ruhig in der Stadt gewesen, sagt er, als ob die Zeit stillgestanden hätte. Während er wie immer, zwei Stufen auf einmal, die Treppe in die neue Wohnung hinaufspringt, warte ich in der Abfertigungshalle auf meinen Flug. Die Maschine hat Verspätung. Technische Probleme. Wie immer bin ich unruhig, suche nach Gründen umzukehren. Aber ich tue es nicht und bewege mich in der Schlange vorwärts, wie alle anderen, zu meinem Sitz.

Am frühen Abend ist er mit einem Fliesenleger verabredet, der nicht kommt, weil er Wittgenstein liest. Über dem ersten Satz des *Tractatus logico-philosophicus*, »Die Welt ist alles, was der Fall ist«, habe er, so wird der Fliesenleger sagen, die Zeit vergessen. Er kann nicht ahnen, dass sein Nicht-Erscheinen dem Wort »Fall« seine ursprüngliche Bedeutung zurückgeben wird. Fall, Sturz, Absturz.

Während er auf den Fliesenleger wartet, verputzt er Leitungsschlitze. Wenn ihm der Rücken wehtut, legt er sich auf den Boden, macht das Kofferradio an und hört Musik. Dann trägt er die Leiter in die kleine Kammer mit dem Fenster zum Hof. Er stellt einen Eimer mit Mörtel und einen zweiten Eimer mit Wasser auf den obersten Tritt. Er will eine abgerundete Ecke an der Decke ausbessern und arbeitet, die Hände über dem Kopf, mit zwei Kellen. Eine, um den Mörtel aufzutragen, eine andere, um ihn glattzustreichen. Er steht ganz oben auf der Leiter. Es ist etwas in diesem kleinsten Raum der großen Wohnung, das er durch besondere Sorgfalt vertreiben will. Später wird er es das Unheimliche nennen oder die bösen Geister. Den ganzen Tag hat er nichts gegessen und wenig getrunken. Er will fertig werden, um Zeit für seine Tochter zu haben, die für ein paar Tage nach Berlin kommen wird.

Er arbeitet lange an der kleinen Ecke. In die Kammer zum Hof wollen wir ausweichen, wenn die Sonne während der größten Hitze im August schon morgens über die Kronen der Ahornbäume hinweg auf die nach Osten gelegenen Fenster des Schlafzimmers prallt. Nicht das Große fordert ihn heraus, sondern das Kleine. Eine winzige Ecke, die niemandem auffällt, deren Verlauf aber seine handwerklichen Fähigkeiten und sein ästhetisches Empfinden auf die Probe stellt. Er versucht, den Mörtel an der Stelle so zu glätten und auszustreichen, dass die Wand in einer feingezogenen Linie in die Decke übergeht. Hin und wieder, wenn er sich zur Tür dreht, geraten zwei oder drei von den Vormietern hinterlassene Aufkleber mit grünen Totenköpfen und den Wörtern »The End« in sein Blickfeld, die er längst hatte entfernen wollen.

Es geschieht am frühen Abend, in der Stunde zwischen sechs und sieben. Es ist längst geschehen, als ich von Frankfurt aus vergeblich seine Telefonnummer wähle und mir dann einen alten Film im Fernsehen anschaue. Ich sehe, wie sich Gérard Philipe, zerrissen zwischen drei Geliebten, aus dem Fenster stürzt. Am Ende schieben ihn die drei Frauen einträchtig im Rollstuhl und zupfen eine Decke über seinen Knien zurecht.

Der Anruf kommt am frühen Morgen. Es sei ihm vorgekommen, sagt der Arzt später, als hätte ich schon gewusst, was er mir habe mitteilen müssen. Ich sitze wieder im Flugzeug. Bilder der letzten Wochen, der letzten drei Jahre, in denen wir miteinander gegangen sind, überstürzen sich. Sie gehören bereits einem nicht mehr erreichbaren Leben an. Wenn ich die Augen schließe, sehe ich ihn laufen. Er läuft mit fliegender Jacke, weitausholenden Schritten, die Hände in den Hosentaschen. Er läuft mir entgegen. Später versuche ich den Gedanken niederzuhalten, wie es in der Mitte unseres Lebens weitergegangen wäre, wenn ich meiner Angst vor dem Fliegen nachgegeben hätte oder wenn der Fliesenleger gekommen wäre.

3 Er liegt unter einem Laken, schweißbedeckt. Die Hitze steht im Krankenzimmer. Schnittwunden an der Stirn und an den Lippen. Sein ausgestreckter Leib scheint unversehrt. Meine Hände gleiten über seinen Bauch, seine Beine, seine Füße. Sein Körper ist stumm. Er spürt ihn nur bis zur Brust. Dann nicht mehr. Nur seine Arme können mich umfassen, ziehen mich an seine Seite. Ich streife meine Sandalen und mein schwarzes Samtkleid ab und lege mich zu ihm.

Er sei gefallen, sagt er, wie der Abstürzende in dem Bild von Max Beckmann. Kopfüber. In den Sekunden davor habe er sich mit dem Blick und den Händen nach oben auf der vorletzten Stufe der Leiter nach links gedreht. Als die Leiter unter seinen Füßen ins Kippen geriet, sei er zunächst überrascht gewesen, als ob ihn jemand umgestoßen hätte. Beim Sturz dicht an der Wand entlang der Schrecken, das Entsetzen. In den Händen das Maurerwerkzeug. Dann der Aufprall, ein Dröhnen, ein Krachen, das auch aus seinem Körper kam. Die Kellen zerschneiden ihm das Gesicht, die Lippen. Danach die Stille in seinem Inneren und der Gedanke, dass er sterben wird. Bewusstlosigkeit, die er wie ein Eintauchen ins

Wasser empfindet. Dann taucht er wieder auf. Benom-
menheit. Er liegt in einer Blutlache, im Wasser, in nassem
Mörtel. Der Versuch aufzustehen. Aber es geht nicht. Er
spürt seine Beine nicht mehr. Er fasst mit den Händen an
die Hüften, aber er spürt die Hüften nicht. Das Gefühl, an
einen tauben Fischleib gefesselt zu sein. Sein Oberkörper,
sagt er, wippte auf und ab wie ein kraftloses Pferdchen vor
einem schwer beladenen Wagen.

Er weiß nicht mehr, wie lange er bewusstlos war, Minuten oder Bruchteile von Sekunden. Er weiß nur, dass er,
als er wieder zu sich kam, den Entschluss fasste, um Hilfe
zu rufen. Es sei nicht von selbst gekommen, kein Reflex.
Um Hilfe zu rufen, sagt er, war etwas, was er noch nie zuvor getan hatte. Aus allen Situationen hatte er sich bislang
alleine befreien können. Diesmal war es unmöglich. Diese
Erkenntnis aber, sagt er, habe keine Panik ausgelöst. Sie
sei das Ergebnis einer blitzschnellen Bilanz gewesen. Die
Entscheidung wegzukommen, zu leben.

Der erste Hilferuf wie der halb erstickte Schrei eines
Neugeborenen. Ganz schwach, dann immer entschiede-
ner. Er hörte sich selbst rufen und war erstaunt über das
Wort »Hilfe«. Er begriff, wie allein er war. Aber es war das
Wort »Hilfe«, sagt er, das ihn erlöste aus dem Alleinsein.
Er versucht, sich vorwärtszuziehen über den Holzfußboden voller winziger Nägel, mit denen die Teppichfliesen
befestigt waren. Er bleibt hängen. Die Nägel reißen ihm
die Haut an den Händen auf. Mit der Kraft seiner Finger
zieht er sich über die Türschwelle. Wenn er nicht mehr
weiterkann, ruft er wieder um Hilfe. Das Fenster in der
Kammer steht offen. Er darf sich nicht zu weit entfernen.

Irgendwann antwortet ihm ein Mann aus dem Hinterhof, und er beschreibt ihm, wo er ist: Vorderhaus, zweite Etage rechts. Bei den Schlägen gegen die Eingangstür hatte er es aus der Kammer geschafft. Dann splittert Holz. Er liegt auf dem Bauch und sieht die schwarzen Stiefel der Feuerwehrleute auf sich zukommen.

Sein erster Gedanke ist »Querschnittslähmung«. Er fühlt sich wie ein zersprungenes Gefäß. Und doch hat er die Vorstellung, sagt er, dass die Scherben aus einem vorausgegangenen Ganzen wiederzufinden sind und zusammengefügt werden können. Jetzt aber, im Augenblick der Rettung, packt ihn die Angst, dass der letzte Rest von Ordnung in seinem Körper für immer verloren gehen könnte. Vorsichtig schneidet der Arzt seinen schmalen Ledergürtel und den Arbeitsanzug am Rücken auf. Er wird auf eine Vakuumtrage gelegt, emporgehoben und aus der Wohnung getragen. Alles dreht sich um ihn herum. Sein zerschnittenes Gesicht ist mit einem Tuch bedeckt. Im Treppenhaus öffnen sich die Türen. Er ist tot, denken die Nachbarn.

Die Schnitte im Gesicht werden genäht und abschwellende Mittel gespritzt. Das Zwerchfell ein stählernes Gewölbe. Die Rippen von Eisenspangen umschlossen. Blasenkatheter durch die Bauchdecke. Beine wie auf dem Streckbett. Nur an schäumendes Wasser kann er denken, an Regen, an Fließen. Dann Röntgen, Schädel, Thorax, die gesamte Wirbelsäule. Es ist schon dunkel, als er noch einmal über das Klinikgelände geschoben wird. Zwischen Schwindel und Ohnmacht hält er sich an der schnarrend tonlosen Stimme des Pflegers fest und spürt den Nachtwind. Auch die weiteren Untersuchungen ergeben keinen Befund, zeigen keinen Bruch. Manchmal hat er das Gefühl, er könne einen Zeh bewegen. Eine Täuschung, sagt der Arzt. Die motorischen Funktionen des unteren Körperabschnitts seien vom Willen nicht mehr beeinflussbar.

Ich streiche mit meinem Atem an seiner Wirbelsäule entlang. Er spürt ihn an seinem Hals, nicht mehr auf der Höhe seiner Brust, nicht an seinem Rücken, nicht an den Lenden.

4 Contusio spinalis. Stauchung des Rückenmarks. Querschnittslähmung ab dem sechsten Halswirbel, inkomplett. Die Hoffnung liegt in den wenigen unverletzten Nervenbahnen, sagt der Arzt und ordnet die Verlegung in eine andere Klinik an. Ich folge dem Krankenwagen vom Westend über die Stadtautobahn, Hubertusallee, Clayallee, weiter bis Zehlendorf. Kurz bevor Westberlin im Süden endet, biegt der Krankenwagen auf das Klinikgelände ein, fährt bis an die Rückseite der von Wiesen und Bäumen umgebenen Anlage, wo ich ihn hinter einem lang gestreckten flachen Gebäude aus den Augen verliere. Ich parke das Auto neben einem Basketballplatz. Vor einem der beiden Auffangkörbe ein junger Mann im Rollstuhl. Er lässt, bevor er zu werfen versucht, den Ball einmal oder zweimal auf dem Beton auf und ab tanzen, vielleicht um sich einzuspielen oder Maß zu nehmen für den Wurf. Als er schließlich die Arme hebt, findet er im Rollstuhl keinen Halt. Er schwankt so sehr, dass er den Korb verfehlt und der Ball über das Spielfeld rollt.

Auf einer Trage schiebt man ihn auf die Station. Als »Neuer« wird er begutachtet und eingeschätzt. Rollstühle umkreisen ihn. In den Kurven quietschen die Räder auf dem Linoleum. Sein Zimmer ist groß und hell. Ein Mann in seinem Alter hat es gerade verlassen. Von einem Virus ab der Taille gelähmt, heißt es, sei er von einer Reise aus Afrika zurückgekehrt. Jetzt fährt der Mann im Rollstuhl den Gang entlang Richtung Ausgang, eine Reisetasche auf dem Schoß.

Das Bett wird frisch überzogen. Als man ihn von der Trage hinüberhebt, dreht sich alles. Ich lege mich zu ihm, ohne mich zu bewegen, und halte ihn fest. Dann ist es still um uns. Nur der Ball schlägt, jetzt etwas entfernt, hin und wieder auf dem Beton auf. Als es Nacht wird, fahre ich nach Hause. Das Licht der Straßenlaterne fällt in mein Zimmer. Ich starre vom Bett aus auf die Tür. Sie öffnet sich nicht, er streift nicht im Laufen seine Schuhe ab, lässt die Kleider nicht auf den Boden fallen und kommt nicht eilig auf mich zu. Er wird es nie mehr tun.

5 Bevor es geschehen ist, bin ich immer spät aufgestanden, erst wenn es in meinem Zimmer bereits hell war und sich das Leben mit Geräuschen bemerkbar machte. Jetzt werde ich im Morgengrauen wach, fliehe den Halbschlaf. Ich öffne die Augen, um der Erinnerung nicht ausgeliefert zu sein, wenn sie hinter geschlossenen Lidern aufsteigt. Ich will das Leben in die Hand nehmen, in Ordnung bringen, anpacken, tun, was getan werden muss. Manchmal kann ich in diesen Morgenstunden mit ihm telefonieren, nur seine Stimme hören, deren Klang das Geschehene zudeckt, mich mit ihm beraten wie zuvor, über die Wandfarbe, über den Lack, glänzend oder matt, und über die Stellen, wo Steckdosen verlegt werden sollen. Ich stelle ihn mir in dem großen Zimmer vor, in das bereits die erste Sonne scheint. Von meinem Bett aus kann ich auf einen Baum schauen. Er sieht die Wiese, über die ich in einigen Stunden kommen werde.

Der Beginn unseres gemeinsamen Lebens liegt unter Schutt, Dreck und abgerissenen Tapeten. Ich ziehe den gestreiften Overall an, verabrede mich mit dem Fliesenleger, der das Bad in Augenschein nimmt. Auf der Straße treffe ich einen Freund wieder, der vor dem Militärdienst aus Syrien geflohen ist. Er übernimmt die Bauleitung und wird Stromkabel verlegen. Er treibt einen arbeitslosen russischen Kameramann auf, der Fenster und Türen streichen soll. Ein ehemaliger Baurestaurator, der aus Ostberlin über die Grenze gekommen ist, wird an den Wänden weitermachen, wo wir aufgehört haben. Von dem Taxifahrer, der gegenüber auf derselben Etage mit wechselnden Untermietern lebt, bekomme ich die Adresse eines Künstlers, der Parkettböden abschleift. Ich beantrage zwei Telefonanschlüsse, einen für ihn und einen für mich.

Die adlige alte Dame aus der dritten Etage rechts ist gestorben. Weil der Aufzug nicht fuhr, hatte sie das Haus in der letzten Zeit ihres Lebens nicht mehr verlassen können. Jetzt werden die sechs Zimmer, in denen sie vor Jahren allein zurückgeblieben war, ausgeräumt, das ovale Messingschild mit ihrem Namen abmontiert. Die Möbel stehen am Straßenrand. An den Tischen und Stühlen hatte sie sich in ihrer immer unsicherer werdenden Welt festgehalten. Wenn sie über mir von der Küche durchs Esszimmer ging, vorbei am Herrenzimmer, dem Salon und dem ehemaligen Arbeitszimmer ihres Mannes bis nach vorne zur Tür, um zu öffnen, konnte ich sie hören; ein kleines Mahagonischränkchen, das zum Schluss noch auf dem Haufen gelandet war, trage ich zurück ins Haus und nehme es mit nach oben.

In der Wohnung gibt es jetzt eine Aluminiumleiter mit einem Tritt auf der obersten Stufe, der sich feststellen lässt. Der Fliesenleger hat das Bad ausgemessen und die zerbrochenen holländischen Kacheln in der Küche ersetzt, die Decke im roten Zimmer ist abgewaschen.

Ich fahre zu Baumärkten, um weiße Farbe zu holen. Der Künstler hat die aufgeworfenen Tafelparkettteile im halbrunden Zimmer mit Kreide nummeriert, nachgezeichnet und Papierschablonen angefertigt. Bei Trödlern in Kreuzberg suche ich nach der dünnen Rückwand eines alten Schranks, die er mithilfe der Schablonen zurechtsägen wird, um die kaputten Stellen zu ersetzen. Der russische Kameramann hängt Fenster aus und legt sie auf Böcke, um die alte Lackfarbe abzubrennen. Die erste Scheibe ist dabei zu Bruch gegangen. Ich bringe sie zum Glaser, ich besorge meterweise Kabel, Verteilerdosen und Steckdosen, die der syrische Freund verlegt, wähle Fliesen fürs Bad aus und nehme eine Probe mit ins Krankenhaus.

Sie haben die Lage seines Oberkörpers verändert, aus der Horizontalen in eine leichte Schräge. Das allmähliche Aufrichten ist so qualvoll, dass er nicht mehr sprechen kann. Die Übelkeit ist übermächtig. Er gerät in einen Strudel. Was ihm eben noch Halt gab, zerfällt. Er stürzt ins Bodenlose, aus der gewohnten Welt hinaus. Selbst meine Gegenwart verlangt ihm zu viel ab, zu viel Bewegung, zu viel Leben. Schweigend lege ich mich an den Rand seines Bettes, ohne ihn zu berühren und verschwinde im Schlaf. Als ich aufwache, gehe ich leise davon. Wie jeden Abend fahre ich den langen Weg über die Clayallee zurück in die Fuggerstraße. Ich habe dort zwei Zimmer gemietet, eines für Bett und Schreibtisch, das andere zum Nähen. Eine Weile sitze ich noch in dem Café unten im Haus. Es ist warm und schön. Wir wären durch die Stadt geschlendert an diesem Abend, wir wären an der Spree entlanggegangen, weiter und immer weiter gegangen. Manchmal hätte er mich an sich gezogen. Dann wieder hätten wir uns voneinander gelöst, uns nur ab und zu mit den Händen berührt. Jetzt schaue ich den Männern nach, die auf dem breiten Bürgersteig vorüberlaufen. Ich betrachte sie von der Taille abwärts, sehe nur ihren Gang, wie geschmeidig und selbstverständlich sich die Schenkel bewegen.

Als es dunkel wird, steige ich hinauf in meine Nähwerkstatt und schneide Stoffe zurecht, die ich gesammelt habe. Brokat, Samt, Seide. Ich zerschneide sie in winzige Teile und nähe sie zu Bahnen aneinander. Auf ein Samtstück folgt eins mit glatter Oberfläche, danach wieder eines mit einer Struktur. Dann nähe ich die Bahnen aneinander, dazwischen eine Biese, wie die Fuge im Mauerwerk. Am Ende entsteht eine Decke, die ich mit einem Futter zusammensteppe. Ich nähe bis tief in die Nacht, beschwichtige die Unruhe, die Angst. Ich schaue nicht nach vorn und nicht zurück, nur auf das, was ich in den Händen halte. Diese Decke wird mein Bruder kaufen. Bis heute weiß ich nicht, ob er sie um seinet- oder um meinetwillen erworben hat. Er wird sie aufbewahren für ein Haus, an dem er jahrelang baut und das er möglicherweise nie vollenden wird. Vielleicht holt er sie von Zeit zu Zeit hervor und breitet sie auf seinem Bett aus, um sie dann zusammenzufalten und zurück in eine Lade zu legen für irgendwann.

6 Die Griechin hat den Aufzug wieder in Gang setzen lassen. Ihr Sohn zetert im Treppenhaus wegen der Kosten. Vorsichtig lade ich den reparierten Fensterflügel, mit einer Decke umhüllt, in die verspiegelte Kabine. Der Künstler bessert die aufgeworfenen Parketttafeln im halbrunden Zimmer aus. Der Baurestaurator wartet, dass der erste Anstrich im roten Zimmer trocknet. In der Zwischenzeit arbeitet er im nächsten Raum. Der russische Kameramann zerbricht drei weitere Fensterscheiben, als er sie zum Streichen auf die Böcke legt. Die Ausdünstungen der Lackfarbe überdecken den Knoblauchgeruch, der vom spanischen Restaurant durch die geöffneten Fenster aufsteigt. Der syrische Freund ist frühmorgens da, bevor die anderen kommen.

Jeden Tag wird er in seinem Bett ein winziges Stückchen weiter aufgerichtet. Immer wieder überfällt ihn der Schwindel. Aus der Tiefe der auf ihn einstürzenden Bilder holt er sich zuweilen Kraft von seinen Ahnen und Urahnen. Er rufe sie, sagt er, aus ihren fernen Welten in sein Zimmer und bitte sie um Hilfe. Wenn er wieder klar sehen kann, wird er auf ein Rollbett gehoben. Auf dem

Bauch liegend und mit Gurten festgeschnallt, wartet er auf der Terrasse vor der Station, dass ich über die Wiese komme. Als er meine Schritte bemerkt, hebt er den Kopf, lacht, greift in die vorderen Räder und kommt auf mich zu. Ich setze mich ins Gras, um auf gleicher Höhe mit seinen Augen zu sein. Die Wiese vor der Station ist voll von Rollstühlen. Die Neuen, die Anfänger, fahren auf den Wegen, die Fortgeschritten durchs Gras, die Könner machen Kunststücke. Zwei junge Frauen, beinahe noch Mädchen, eine Türkin und eine Punkerin mit Irokesenschnitt, versuchen sich mit dem Rollstuhl auf die Hinterräder zu heben und im Stand zu wenden. Beide haben sich aus dem Fenster gestürzt. Die eine wegen einer Zwangsheirat, die andere im Drogenrausch. Eine ältere Frau hat sich auf die Schienen gelegt, als ihr Mann sie verlassen wollte. Sie überlebt, querschnittsgelähmt. Jetzt sitzt der Mann an ihrem Bett oder er schiebt sie im Rollstuhl über die Wiese. Bei den Männern sind es Unfälle, meist mit Motorrädern. Wie von einem Traum sprechen sie über die schweren, schnellen Maschinen, die sie einmal hatten. Sie vergleichen die Höchstgeschwindigkeit, die Reifendicke, die Verkleidung, das Motorgeräusch. Die Frauen schweigen. Selbstmordversuche sind eine Niederlage. Sie taugen nicht zum Erzählstoff. Nur ein schwerer Mann bringt alle zum Lachen. Wenn er von seinem Sturz aus dem Leben als Türsteher erzählt, hört es sich eher wie ein Missgeschick an als wie ein Unglück, das ihn für immer in den Rollstuhl gebracht hat. Es ereignete sich im Morgengrauen auf dem Laubengang seiner Wohnung im sechsten Stock, als er von der Arbeit im Bordell nach Hause kam und eine Katze auf das Dach des Nachbarhauses sprang. Der Dackel des Türstehers springt hinterher. Die Hundemarke verhakt sich in der Dachrinne. Der Hund hängt über dem Abgrund. Der schwere Türsteher klettert auf das Dach. Das Dach bricht ein. Der Türsteher stürzt in die Tiefe. Im Fall verliert er sein Gebiss und sein Toupet. Sein Hund ist tot, und seine Frau verlässt ihn.

Ein junger Libanese, der in seiner Heimat auf eine Mine getreten war, hat die Hoffnung aufgegeben, jemals wieder laufen zu können. Mit Schienen an den Beinen hatte er sich ein paar Schritte weit geschleppt und sich dann wieder in den Rollstuhl gesetzt. Jetzt verlässt er heimlich das Klinikgelände, um zu trainieren. Er fährt nicht auf dem Bürgersteig. Er fährt auf der Straße, vor den Autos her. Der Libanese träumt von der Geschwindigkeit und davon, eines Tages mit seinem Rollstuhl an einer Ampel geblitzt zu werden.

Wenn die Sonne sinkt, leert sich die Wiese. Alle treffen sich an den Tischen, auf denen schon Teekannen und Wasserflaschen stehen. Sie trinken einen Liter. Nach dem Trinken warten sie eine Stunde. Dann klopfen sie. Ein sanftes Trommeln mit der flachen Hand auf die Bauchdecke. Wenn es gut geht, löst es einen Reflex aus, der die Blase öffnet. Nichts darf zurückbleiben. Im Rest sammeln sich Keime. Der Rest führt zu Nierenversagen, sagt der Stationsarzt. Die häufigste Todesursache bei Querschnittsgelähmten. Wenn es nicht gut geht und sich die Blase nicht öffnet, erscheinen am späten Abend die Studenten, um sie mit einem Katheter zu entleeren.

Sie kommen aus der Stadt, auf Fahrrädern. Mit ihnen kommt die frische Nachtluft, die Welt draußen und die Sehnsucht.

7 Nur ein einziges Mal habe ich in seinem Zimmer geschlafen. Er ist immer zu mir gekommen, hat die Nacht mit mir verbracht und ist morgens seiner Arbeit nachgegangen. Sein Thema ist die Stadt. Auf einem Tisch am Fenster Papiere, Pläne, mit denen er sich am Tag zuvor beschäftigt hat. Das dicke Buch von Leonardo Benevolo über die Geschichte der Stadt liegt zwischen anderen Materialien. Es beginnt mit den Ursprüngen städtischen Lebens im Vorderen Orient. Aufgeschlagen aber ist es in der Moderne, bei dem lang gezogenen Hochhaus mit zweistöckigen Wohnungen für eintausendvierhundert Menschen, das Le Corbusier für Marseille entworfen hat. Die Stockwerke in den Wohnungen sind versetzt. Das untere gibt den Blick aufs Meer frei. Geht man die Treppe hoch, schaut man auf die Berge. Obwohl wir die Bilder vor wenigen Tagen gemeinsam betrachtet haben, scheint es mir jetzt, ohne ihn an seinem Tisch, eine Ewigkeit her zu sein. Wir waren in Gedanken in dieses Haus eingezogen und hatten uns in den beiden Etagen eingerichtet. Er oben, ich unten oder umgekehrt. Dann aber hatten wir die Grundrisse der Wohnungen genauer angeschaut und festgestellt, dass darin der nicht verplante Raum fehlt, ein

Zimmerchen, das man eigentlich nicht braucht und das keinem anderen Zweck dient, als dem Ausbruch aus einer vorgegebenen Ordnung – wie die Kammer zum Hof, dieser kleinste und überflüssigste Raum der großen Wohnung, in dem er bei einer falschen Bewegung an den Rand des Todes geriet.

Auch vorher war ich nie alleine hier gewesen. Ich scheue mich, genau hinzusehen, streife das Zimmer mit schnellem Blick. Es ist seines, nicht meins. Da stehen Holzkisten mit Werkzeug, Bohrmaschine, Schleifmaschine, ein Rennrad und Schuhe, die sich an den Pedalen befestigen lassen. Seit er nach Berlin gekommen war, ist er nicht mehr damit gefahren. Ihm fehlt die Weite. Hier, in der eingeschlossenen Stadt, hat er lieber ein altes Herrenrad genommen, das ich beim Trödler gefunden habe. Aber das Rennrad wird ihn begleiten wie eine Verheißung, und wenn man ihn später fragen wird, ob er glaubt, jemals wieder darauf fahren zu können, wird er antworten, dass er den Gedanken daran nicht aufgegeben habe. Manchmal wird er es mit einem Freund auseinandernehmen, die einzelnen Teile putzen, ölen und fetten und Pläne machen, es wie ein Kunstobjekt an einer Wand in der Wohnung aufzuhängen.

In seinem Zimmer hat er nicht gewohnt. Er hat die Dinge hergerichtet mit den Fähigkeiten eines Handwerkers und angeordnet mit dem Blick des Gestalters. Ein alter Schrank, schmal und hoch, dessen Profile er an wurmstichigen Stellen nachgeschnitzt hat, ein Thonetstuhl mit Armlehnen, der Sitz neu geflochten. Der Tisch: ein Türblatt auf Böcken. Das Bett: eine Matratze auf dem Boden. Darauf eine Decke, brauner Seidensamt und goldener Moiré aus meiner Werkstatt. Zwei große Gemälde im Keilrahmen. Bilder seines Freundes, des Malers. Eine unfertige Landschaft lehnt an der Wand. Ein anderes hängt über dem Bett. Die schlangenartigen, erdfarbenen Gewächse auf der Leinwand korrespondieren mit dem Faltenwurf der braun-goldenen Linien der Decke.

Für diesen Sommer hatte er sich einen grauen Leinenanzug gekauft. Als er vom Flughafen zurückgekehrt war, hatte er sich umgezogen, den Anzug in Eile und in der Gewissheit, dass er ihn am frühen Abend wieder anziehen würde, auf dem Stuhl liegen gelassen. Ich bringe ihn in die Klinik, wo er nicht hinpasst. Ich nehme auch den altmodischen dunkelblauen Trainingsanzug mit, in dem er sich in seinem vergangenen Leben langsam, den Kopf in die ineinander verschränkten Hände gelegt, zum Kopfstand hochgezogen hat. Ich werde ihm auch den schmalen Ledergürtel bringen, den der Sattler inzwischen an der Schnittstelle so zusammengenäht hat, dass man es kaum merkt. Ich packe seine Schuhe ein, die er, als er sich wieder aufrichten kann, unter größter Anstrengung zuschnürt. Er braucht die Verbindung zu seiner früheren Welt, in der es keine Jogginghose und keine Schuhe mit Klettverschluss gab. Er wehrt sich gegen die Vorherrschaft des Praktischen, bäumt sich auf gegen die Rollstuhlwelt, die seinen Zustand mit einem einzigen Wort festschreibt: behindert. Er hält an seinem Selbstbild als Läufer fest. Unerträglich sind ihm die Prognosen und Muskeltests, wenn Beine, Bauch und Rücken im Gymnastiksaal öffentlich benotet werden, während er auf der Matte liegend einem Urteil zwischen Null und Fünf entgegensieht. Bein heben, nach außen drehen, Fuß hochziehen, Becken heben, Knie beugen. Ein Prüfer, der neben ihm hockt, ruft den um ihn herumstehenden Ärzten Quadrizeps, Tibialis, Biceps femoris und eine Zahl zu, die in eine Liste eingetragen wird. Sein Notendurchschnitt liegt unter Eins, selten eine Zwei, häufig Null, wenn nichts zu verzeichnen ist, nicht die kleinste Bewegung, auch kein Zucken oder die Andeutung eines Zuckens. Manchmal zweifelt einer aus dem Richterkollegium die zugerufene Zahl an und macht sich selber an ihm zu schaffen, weil er der Eins misstraut oder die Null nicht wahrhaben will. Die anderen auf ihren Matten hören zu. Sie waren schon dran oder haben es noch vor sich. Sie gehören zu den Nullen und Einsen, zu den Vieren und Fünfen, zu den Verlierern oder zu den Gewinnern. Sie lassen den Kopf sinken, wenn sie verloren haben, oder lachen in die Runde. Sie kehren zurück auf die eine Seite oder die andere, gnadenlos voneinander getrennt. Nur diejenigen, die mit der Note befriedigend abschneiden, bleiben noch der Welt verhaftet, der sie knapp entronnen sind, und bewegen sich auf die andere zu, die vor ihnen liegt. Sie haben die Hoffnung im Blick, wenn sie aus dem Gymnastiksaal wieder nach oben gebracht werden. Er aber geht in Tarnung. Als man sich mit Messwerten und Definitionen seiner bemächtigt, schirmt er sich ab. Er wehrt sich dagegen, seine Situation von außen festlegen zu lassen. Er taucht ab und verbirgt, dass ihm auch die Kraft in den Händen fehlt. Er kann keinen Deckel aufschrauben. Aber er lässt es nicht zu, dass auch seine Hände beim Muskeltest benotet werden, und übt heimlich an Wasserflaschen.

8 Ein junges Paar mit einem sehr kleinen Kind ist in die Wohnung der alten Dame eingezogen. Immer, wenn sie im Aufzug nach unten fahren, streiten sie sich. Manchmal kann ich sie im Vorbeigleiten durch das kleine Fenster der Aufzugstür mit den Händen fuchteln sehen und ihren Streit bis ins Parterre hören.

Von der Wohnung nebenan dringen Marihuanaschwaden durch die Fußleisten in das einst rot gestrichene Zimmer. Der jamaikanische Musiker mit den Dreadlocks jagt seine schnellen, von heftigen Hustenanfällen begleiteten Läufe die elektrische Gitarre rauf und runter. Eines Tages verabschiedet er sich im Treppenhaus, Fieber in den Augen. »Es ist die Lunge«, sagt er und steigt mit Rucksack und Gitarre die Stufen hinab. Als er nicht zurückkehrt, zieht eine junge Französin in das Zimmer. Manchmal höre ich sie durch die Wand singen. Eines Tages sitzt sie auf der Fensterbank ihres Badezimmers, die Beine hängen über dem Abgrund. Hätte der Taxifahrer sie nicht in letzter Minute zurückgerissen, wäre ihr Körper auf dem Betonboden unseres Hinterhofs zwischen den Mülltonnen aufgeschlagen. Das Zimmer der Französin steht jetzt leer. Der Taxifahrer muss zusehen, wie er die

Miete für die große Wohnung aufbringt. An manchen Tagen zieht er seinen einzigen Anzug an und steuert eine überlange Limousine durch die Stadt. Wären die Scheiben nicht abgedunkelt gewesen, hätte man Yoko Ono im Fond erkennen können.

Im Lauf der letzten Woche sind vier weitere Fensterscheiben zu Bruch gegangen. Ich bringe die Rahmen zum Glaser und transportiere immer wieder Müll, alte Tapeten, Schutt und leere Farbeimer ab. Der Baurestaurator arbeitet inzwischen im hinteren Teil der Wohnung. Er hat das Bad gestrichen, den Flur. Schließlich ist er in die Kammer gegangen und hat mit der Decke begonnen. Die kleine abgerundete Ecke ist fertig verputzt und weiß gestrichen. Ich ziehe meinen alten Overall morgens an und abends aus. Ich trage ihn, als ich nachmittags in die Klinik komme und er auf der Terrasse vor der Station auf mich wartet. Es ist immer noch Sommer, mit dem Rollbett fährt er neben mir die Wege zwischen den Wiesen entlang. Wenn ich mich auf eine Bank setze, lege ich meine Hand auf seinen Nacken. Er kann nicht spüren, was unter ihm geschieht. Erst, als er im Krankenzimmer auf das Bett zurückgehoben wird, merkt er, dass der Katheter aus der Bauchdecke herausgerutscht ist und sich die Blase von allein geleert hat. Sie ist nicht mehr gelähmt. In diesem Augenblick ergreift ihn ein unaussprechliches Glücksgefühl. Mit dem Rollbett wird er in die Dusche gefahren. Dann lege ich mich zu ihm, taste seinen Körper entlang, der jetzt ohne Schlauch neben mir liegt. In der Nacht glaube ich ihn an meiner Seite zu spüren. Im Traum laufen wir einen Abhang hinunter und halten uns an den Händen. Morgens bleibe ich still und unbeweglich unter der Bettdecke, um nicht an die Leere neben mir zu stoßen.

9 Wieder steige ich ins Flugzeug, um die Tonbandgespräche fortzusetzen, die ich am 27. Juli abgebrochen
hatte. Es sind Gespräche mit Frauen, die an der Seite von
Schriftstellern gelebt haben. Sie, die stets über ihre Männer, die Schriftsteller, Auskunft gegeben haben, sind es
nicht gewohnt, über sich zu sprechen. Sie kennen sich in
seinem Werk aus und beantworten Fragen von Doktoran-
den. Jetzt aber schreibe ich ihre Geschichte auf. Für diese
Arbeit hatte ich ein Stipendium für zwei Jahre bekommen. Das erste Jahr ist um. Die Gespräche mit den Frauen
ziehen sich in die Länge. Niemand hat sie je nach ihrem
eigenen Leben gefragt, das sich nun dem Ende zuneigt.
Was ich tue, wird zum Wettlauf gegen die Zeit. Früher war
ich manchmal wochenlang unterwegs. Jetzt unterbreche
ich die Gespräche und nehme den Faden später wieder
auf. Meine Reisen sind kurz geworden, seit es geschehen
ist.

An dem Tag, an dem ich zurückkehre, war er zum
ersten Mal in den Rollstuhl gehoben worden. Ohnmacht,
Übelkeit, Schwindel. Ein dumpfes Echo, sagt er, aus weit
entfernten Gewölben des Kopfes. Dann hört er, wie sein
Name gerufen wird, und kommt zu sich, nach hinten ge-

kippt, über ihm die Beine. Er will nur zurück ins Bett, in Sicherheit. Jede noch so kleine Veränderung bedeutet Ausgesetztsein. Schritte nach vorn sind nicht nur Fortschritte, sie zerren ihn in alle Richtungen, ins Chaos, ins Ungewisse. Sie vergrößern den Abstand zu dem, was er kennt. Es sind einsame Versuche, wieder anzukommen und zu Hause zu sein in seinem verstörten Leib. Er fühle sich in seinem Körper wie auf einem Rangierbahnhof, sagt er. Die Weichen verstellt und alle Züge entgleist.

Als er am Nachmittag auf mich wartet, wendet er den Kopf vorsichtig zum Fenster und sieht mich über die Wiese kommen. Ich trage das schwarze Samtkleid wie eine Erinnerung an seinen Arm beim leichtfüßigen Gehen im Gras. Mithilfe eines Pflegers hat er sich angekleidet. Er trägt den grauen Leinenanzug und Straßenschuhe. Ich sehe ihn zum ersten Mal wieder sitzen, so wie er immer gesessen hat, mit übereinandergeschlagenen Beinen, als würde er gleich aufstehen und mir entgegenkommen, er aber sieht seine Knie vor sich, die in seinem Empfinden nicht mehr da sind. Er hält sich an den Armlehnen des Rollstuhls fest. Für Augenblicke bleibe ich in der offenen Tür stehen und begreife, was es ihn gekostet hat, das eine Bein mit beiden Händen hochzuheben und es so scheinbar mühelos über das andere zu legen.

10 Zuerst war es nur ein Duft, ein wenig zu stark, zu schwer, zu süß. Dann ein Seidenschal, der hinterherweht. Dass sich der letzte Untermieter des Taxifahrers allmählich in eine Untermieterin verwandelt, tritt in kleinen, aber wahrnehmbaren Veränderungen zutage. Wenn ich im Overall zur Wohnung hochsteige, um die Fortschritte zu betrachten und leere Farbeimer abzutransportieren, sehe ich sie in einem langen weiten Rock und großen Schuhen mit Absätzen anmutig die Treppe herabkommen. Die Haare waren auch vorher lang, aber jetzt sind sie in Wellen gefönt. Der Vorname hat sich nicht verändert. Er passte auf ihn und auf sie. Seit ich ihr als Frau begegne, setzen wir uns manchmal ein paar Minuten auf die Stufen und reden miteinander oder seufzen über dies und das. Dann gehen wir beide unserer Arbeit nach. Sie in eine Zeitungsredaktion, ich zum Sondermüll oder in die Klinik.

Er hat ein anderes Zimmer bekommen, ohne Telefon. Wir können morgens nicht mehr miteinander sprechen, ich kann mich am Nachmittag oder am frühen Abend nicht mehr zu ihm legen, kein Ausruhen mehr in seinem Arm. Er teilt das Zimmer mit einem Motorradfahrer, der anfangs in einer Gipsschale lag. Jetzt hat er es bis zum Rollstuhl geschafft. Er ist zwanzig Jahre alt. Die Wände um sein Bett sind mit Fotos nackter Frauen behängt. Aber es geht trotzdem nicht, sagt der Motorradfahrer.

Die Armlehnen seines Rollstuhls werden abgenommen, und man wirft ihm einen Ball zu. Doch er schafft es nicht, ihn aufzufangen. Wenn er sich dreht, rutscht alles unter ihm weg. Er taumelt, spürt nicht sein Körpergewicht auf dem Sitz. Ihm fehlt das Gefühl für den Raum, für Entfernungen. Auf der Matte liegend übt er, sich mit Gewichten an den Beinen zu strecken. Beim Überwechseln von der Matte in den Rollstuhl muss er für Augenblicke stehen. Er steht wie auf einem Dachfirst. Ein Stehen ins Nichts hinein, sagt er, während in meinen Augen Wunder geschehen und ich ihn bei seinen ersten Schritten am Barren wieder als Läufer vor mir sehe. Er muss nur weitermachen, denke ich, üben, trainieren, dann loslaufen. Er nimmt zwar Kopf und Füße wieder in einem Verhältnis zueinander wahr, doch das, was er am Barren tut, hat für ihn nichts mit Laufen zu tun. Es ist ein Aufgerichtetwerden, kein Triumph, auf den Beinen zu sein. Eine zerschellte Illusion. Er hat Bilder vor Augen, aber seine Beine erinnern sich nicht mehr an die Schritte vor dem Fall, auch nicht an die letzten, die Treppe hinauf, durch die Wohnung und dann die Leiter hoch. Sein Körper weiß nicht mehr, wie man das macht. Er hat es vergessen. Er werde nie mehr laufen können, sagt der Arzt. Vielleicht ein paar Schritte, an Krücken. Er brauche einen Rollstuhl. Für immer.

Abends auf der Terrasse vor der Station. Am Himmel werden die Sterne sichtbar. Nie mehr, sagt er, wird er an einem warmen Sommerabend unter einem Himmel wie diesem mit mir gehen können, gehen und immer weitergehen. Wir sind voneinander abgerückt. Ich lebe in der Welt der Gehenden, unendlich weit entfernt. Mein Leben hat Geschwindigkeit aufgenommen. Ich renne durch die Tage, erledige Arbeiten, schaffe weg, bin mit dem Groben beschäftigt. Wenn ich zu ihm komme, sehe ich, dass er etwas kann, was er vor kurzem noch nicht konnte. Das Knie heben, halten, seitwärts neigen, sich selbst etwas anziehen, schreiben, ohne sich aufzustützen. Ich sehe es in Sprüngen. Doch die feinziselierte Arbeit an seinem Körper hat seine eigene Zeit fast zum Stillstand gebracht. Am Anfang gab es nur die großen Gefühle von Trauer und Hoffnung. Dazwischen Brachland. Jetzt zerreißt es ihn zwischen Rückschlägen, Hindernissen und Fortschritten, mit denen er sich selbst nicht einholen kann als der, der er einmal war.

11 Der Steuerberater aus der vierten Etage links ist gestorben. Bevor der Aufzug in Gang gesetzt wurde, sah ich ihn mühsam die Treppen hinaufsteigen und auf jedem Absatz eine Pause machen. Das Herz, sagt seine Frau. In unserer Wohnung schaue ich mir die Türschwellen an und überlege, ob ich sie rausnehmen lassen sollte, rollstuhlgerecht, bevor die Böden abgeschliffen werden. Aber ich tue es nicht.

Der Motorradfahrer hat das Krankenhaus an Krücken verlassen. Die Fotos der nackten Frauen werden abgehängt, als ein stiller Mann den Platz des Motorradfahrers einnimmt. Den stillen Mann hat eine Krankheit gelähmt, kein Unfall. Zusammengesunken sitzt eine alte Dame neben seinem Bett. Mutter und Sohn sprechen leise miteinander. Wenn der Sohn in den Gymnastiksaal fährt, sieht seine Mutter, dass seine Hände den Rollstuhl nur mit allergrößter Anstrengung vorwärtsbewegen können. Sie will ihm helfen. Aber er schüttelt den Kopf. Dann setzt sie sich in der Eingangshalle auf das mit Acella bezogene weiße Sofa und wartet.

Ich gehe neben seinem Rollstuhl auf den Wegen durch das Gelände der Klinik bis zum Briefkasten am Ausgang. Aber der Briefkasten hängt zu hoch für ihn. Es fehlen nur ein paar Zentimeter, um ihn sitzend erreichen zu können. Er übt, sich für Bruchteile von Sekunden links auf der Armlehne ein winziges Stück vom Sitz hochzustemmen, bis er es schließlich schafft, im selben Moment mit der Rechten einen Brief einzuwerfen. Er lernt, eine schräge Rampe rauf- und runterzufahren. Ich lerne, den Rollstuhl am Bordstein oder bei einer Stufe zu kippen. Den Fuß setze ich hinten auf einen Tritt und drücke ihn gleichzeitig an den Griffen mit einem Ruck nach unten, sodass sich die Vorderräder heben. Als ich am Abend in der Eingangshalle neben ihm sitzen möchte, seine Schulter an der meinen, zieht er sich vom Rollstuhl auf das Sofa zu mir hinüber. Aber ohne Armlehnen an beiden Seiten ist er verloren wie auf einem Luftkissen oder einer Kugel.

Im Gymnastiksaal versucht er, festen Boden unter den Füßen zu gewinnen, und muss in seine Anfänge zurück. Er lernt, sich umzudrehen, aus der Bauchlage den Kopf, dann den Oberkörper zu heben, sich mit den Armen aufzustützen, zu kriechen. Selbst auf der sicheren Matte erscheint es ihm ein unvorstellbares Wagnis, sich auf Händen und Knien abzustützen. Irgendwann gelingt es, und er spürt, dass es gerade diese immer wieder neuen Versuche sind, die die verletzten Nervenbahnen anregen. Empfindungen kehren zurück, aber manchmal zu stark, zu heftig. Wenn ich ihn jetzt anfasse, schmerzt ihn die Haut. Ich kann ihn nicht streicheln. Meine Hand liegt ruhig auf seinem Schenkel, oder ich lege sie auf seinen Bauch, ohne sie zu bewegen, und dann wieder auf eine andere Stelle.

12 Er hat seinen Anzug ohne Hilfe angezogen. Für einen Augenblick konnte er dabei stehen, ohne sich abzustützen. Vom Rollstuhl zieht er sich auf den Autositz. Wir verlassen das Klinikgelände über den Hinterausgang. Das erste Stück Weg Kopfsteinpflaster. Er sitzt neben mir und sucht nach einem Griff, an dem er sich festhalten kann. Die Erschütterungen bringen ihn aus dem Gleichgewicht. Ich fahre ganz langsam, versuche das Auto behutsam über die Unebenheiten zu lenken. Dann biege ich auf die glatte lange Straße Richtung Stadtzentrum ein, auf der ich seit Monaten abends allein zurückkehre. Ich fahre auf dem breiten Bürgersteig bis vor die Haustür. Er zieht sich in den Rollstuhl hinüber. Eine Stufe in den Flur. Gleich neben der Tür der Aufzug. Aber der Aufzug kommt nicht. Heute Morgen fuhr er noch. Jetzt hängt er irgendwo fest. Samstagnachmittag. Niemand zu Hause. Der Betreiber des kleinen Kinos nebenan hatte eben noch den Programmzettel für die nächste Woche im Schaukasten gewechselt; jetzt ist er verschwunden. Auch der als Biene Maja verkleidete dicke Mann im braunen Trikot mit gelb gestreiften Flügeln, der Werbezettel verteilte für die abendliche Transvestiten

Show im Club schräg gegenüber, ist auf einmal nicht mehr zu sehen.

Meine beiden Zimmer liegen im zweiten Stock. Ich laufe zum Auto zurück und bringe ihm die Krücken. Dann gehe ich nach oben, hole einen Stuhl. Neun Stufen bis zum ersten Treppenabsatz. Mit der rechten Hand hält er sich am Geländer fest, in der linken die eine Krücke. Die Füße muss er so hoch heben, dass sie nicht an der Vorderkante der Stufe hängen bleiben. Nach jedem Schritt eine Pause, Atem holen, Mut fassen, nicht sprechen. Ich bin dicht neben ihm. Wenn er anhält, bleibe auch ich stehen. Bei der letzten Stufe gehe ich einen Schritt vor, reiche ihm die zweite Krücke und halte den Stuhl fest, auf den er niederfällt. Während er Kräfte sammelt, trage ich den Rollstuhl hinterher. Nach einer halben Stunde sind wir oben. Wir sitzen uns zum ersten Mal wieder an einem Tisch gegenüber und essen, die späte Sonne scheint durch das geöffnete französische Fenster in die Küche. Unten im Hof wird der Kinosaal gelüftet, aus der Vorführkabine hört man den Probelauf des Projektors, der Kinosaal hat sich gefüllt, Stimmen dringen nach oben. Eine Grille, die sich in diesem Sommer hinter dem Kühlschrank eingenistet hat, tönt wie jeden Abend gegen die Musik des Vorspanns an. Die Kinotüren schließen sich. Dann wird es leise. Auch die Grille schweigt. Er ist so erschöpft, dass er sich vom Rollstuhl auf mein Bett fallen lässt und sofort einschläft. Als er wieder aufwacht, lege ich mich zu ihm, und wir lieben uns. Uns bleiben zwei Tage und eine Nacht.

Am Sonntagabend fährt der Aufzug wieder, aber der Rollstuhl passt nicht durch die Tür. Ich klappe ihn zusammen, wir gleiten zwei Stockwerke abwärts. Für die wenigen Schritte vom Aufzug zur Haustür stützt er sich auf Krücken. Bei der Stufe helfe ich ihm. Während ich das Auto hole, lehnt er an der Hauswand und wartet. Wir haben verabredet, dass ich auf dem breiten Bürgersteig ganz langsam an ihn heranfahre und er, wenn ich die Autotür öffne, nur noch einen Schritt machen muss und sich auf den Sitz fallen lassen kann. Dann aber geschieht etwas, das ich nicht voraussehen kann. Ich sehe ihn auf vermeintlich sicherem Grund an der Hauswand stehen. Aber wenig später hat sein Körper alles vergessen, was wir besprochen haben. Zwar sieht er, dass das Auto ganz langsam herankommt, sieht, dass ich es bin, die es fährt, und doch sind seine Bewegungen nichts als Angst und Panik. Er will wegrennen und kann nicht. Er droht das Gleichgewicht zu verlieren, wirft die Arme mit den Krücken hoch, hält sie dennoch fest in den Händen, flattert auf an der Hauswand wie ein Vogel. Fast ein Tanz. Ein verzweifelt schönes Taumeln. Ein Straucheln kurz vor dem Fall. Man könnte es für das Kunststück eines Artisten halten. Aber ich sehe, wie der Mensch, der einmal schnell und leichtfüßig neben mir gegangen ist, den Boden unter den Füßen verliert. Ein, zwei Sekunden, dann steht er wieder.

Das andere Bett ist leer, als wir in die Klinik zurückkehren. An diesem Wochenende war der stille Mann zum ersten Mal allein im Krankenzimmer gewesen. Zum

Sterben hatte er eine Toilette neben dem Gymnastiksaal im Untergeschoss bestimmt und die Einsamkeit in den nächtlichen Fluren abgewartet. Unter dem Vorwand, einen Gurt am Rollstuhl passend zuschneiden zu wollen, hatte er sich von seiner Mutter ein Teppichmesser mitbringen lassen. Niemand konnte sich später erklären, wie es ihm nach der letzten Visite gelungen war, ohne Hilfe vom Bett in den Rollstuhl zu kommen und unbemerkt mit dem Aufzug ins Kellergeschoss zu fahren. In der Toilette muss er seine kraftlosen Hände auf den Rand des Waschbeckens gelegt und das Messer mit der scharfen spitzen Klinge in einer letzten, übermenschlichen Anstrengung in die Pulsader erst des einen, dann des anderen Handgelenks gestoßen haben. Man fand ihn in den frühen Morgenstunden. Da er zu den feinen und genauen Bewegungen nicht mehr fähig war, um einen Stift zu halten und Worte niederzuschreiben, wird er seiner Mutter keine Zeile hinterlassen haben, die ihr die Last wegen des Messers hätte von der Seele nehmen können.

13 Noch sind die Böden mit Folie ausgelegt. Dann kommt der Künstler, transportiert die Schleifmaschine in die Wohnung und beginnt in dem halbrunden Raum mit dem Tafelparkett, das er repariert hat. Im Eingangsflur und in drei weiteren Zimmern schiebt er die Maschine über Fischgrätmuster, an den lackierten Fußleisten arbeitet er mit der Hand, zum Schluss versiegelt er die Böden mehrere Male, lüftet eine Woche lang und saugt den Holzstaub von den Wänden. Ich transportiere den restlichen Müll auf die Deponie, meterweise Plastikplanen, Lackeimer, Schleifpapier, und bestelle einen Fensterputzer. Die Wohnung ist fertig, als der Herbst mit der letzten Sonne zu Ende geht. An jenem Tag sind außer dem Fliesenleger alle gekommen: der Baurestaurator, der Kameramann aus der Sowjetunion, der Künstler, der Freund aus Syrien. Ich habe unsere Sparbücher aufgelöst, sie haben ihre Rechnungen mitgebracht. Ich werde sie aus den Augen verlieren. Einzig der Freund aus Syrien wird immer wieder meinen Weg kreuzen. Er hat keine Rechnung geschrieben, sondern wünscht sich eine Trommel, aus Westafrika.

Ein letztes Mal gehen wir gemeinsam durch die Räu-

me. Der Kameramann öffnet alle Fenster, die er gestrichen hat. Der Künstler will mir die reparierten Teile im
Tafelparkett zeigen, aber ich kann sie jetzt, da sie abgeschliffen und versiegelt sind, von den anderen nicht
mehr unterscheiden. Der Baurestaurator spricht von einer CD-Anlage, die gerade auf den Markt gekommen
ist und die er sich jetzt von dem Geld kaufen wird. Den
syrischen Freund stört ein Stück Rohr, das in dem Raum,
der das Schlafzimmer werden soll, drei, vier Zentimeter
aus der Wand ragt. Er nimmt einen Bolzenschneider und
kneift das Stück Rohr ab. Als ich das Zischen höre, renne
ich aus dem Zimmer, aus der Wohnung, aus dem Haus,
auf die Straße, über die Kreuzung. Erst dann drehe ich
mich um. Aber nichts geschieht. Keine Explosion. Kein
Gasgeruch, als ich langsam die Treppe wieder hochsteige.
Aus dem Rohr schießt Wasser. Es schießt mit großem
Druck aus der Wand und bedeckt bereits den frisch
versiegelten Dielenboden. Das Wasser lässt sich im Keller abstellen. Der Sohn der Griechin hat den Schlüssel,
aber er ist nicht da. In der Wohnung gibt es drei Eimer
und ein Kehrblech, sonst nichts. Alle schöpfen, schütten
das Wasser durch die Fenster nach draußen, auch mit
dem Kehrblech. Zwei Stockwerke tiefer schlägt es auf
der Markise des spanischen Restaurants auf. Plötzlich
erscheint der Sohn der Griechin in der Tür und nennt
den syrischen Freund einen Kameltreiber. Der löst sich
aus seiner Erstarrung, greift zur Zange und klemmt das
Rohr mit aller Kraft zu. Es kommen noch ein paar Trop-
fen. Dann nichts mehr.

In diesem Augenblick will ich nur weg, weg aus dieser Wohnung, weg vom Krankenhaus, weg von diesem Leben. Mir bleibt nur die Flucht. Ich nehme den ersten Bus, der am Straßenrand wartet. Bis Westkreuz halte ich es aus, dort springe ich in die nächste S-Bahn. Endstation Wannsee. Ein als Haifisch verkleidetes Schiff liegt am Steg. Allein setze ich mich aufs leere Deck, wir fahren die Havel nordwärts. Auf der Höhe von Lindwerder strampelt ein Mann auf dem Fahrrad durch die Wasseroberfläche. Als das Schiff näher herankommt, kann ich unter dem Fahrrad ein Floß erkennen, zu Schaufelrädern umgebaute Felgen ragen durch Schlitze ins Wasser. Kurz schafft es der Mann, mit dem Schiff auf gleicher Höhe zu bleiben, dann fällt er zurück. Im Gegenlicht kann ich ihn noch mit den Bugwellen kämpfen sehen, bevor er aus meinem Blickfeld verschwindet. Als die Sonne sinkt, hält das Schiff unter einer Brücke. Ich steige zur Heerstraße hoch und nehme den gleichen Bus zurück, mit dem ich losgefahren bin. Es ist schon dunkel, als ich wieder in die Wohnung komme. Der Boden im Schlafzimmer ist trocken, als wäre nichts geschehen.

Bis jetzt hatte ich nur das Innere der Wohnung wahrgenommen. In den Räumen wollte ich ein Zuhause schaffen, einen Ort, an den er zurückkehren und mit mir leben kann. Ich hatte nicht hinausgeschaut. Draußen – das bedeutete Verkehr, Lärm, Abgase. Nur die mächtige Eiche gegenüber hatte ich gesehen, weil sie den Blick auf einen Neubau abfängt. Jetzt fallen die Blätter und geben die Sicht auf kleine Wohnungen und wabenartige Balkone aus geriffeltem Beton frei, die zwischen den Ästen zu hängen scheinen. Einige der Wohnungen sind erleuchtet.

Ein Stockwerk unter mir sehe ich einen dünnen Mann an einem Tisch sitzen. Schwarze Kleidung, dunkle, lange Haare, barfuß. Neben ihm ein zweiter Stuhl, ein dritter gegenüber. Beide Stühle sind leer. Zu seiner Rechten eine kahle weiße Wand, links von ihm das breite Fenster, durch das ich ihn betrachte. Mit gebeugtem Rücken, die Ellenbogen aufgestützt, sitzt er und isst. Ich kann nicht erkennen, was auf seinem Teller liegt. Während er eine Gabel an den Mund führt, starrt er auf die hohe Lehne des Stuhls vor ihm. Der Stuhl steht in der Sichtachse des Mannes, vor einer Wand. Vielleicht stellt er sich einen Menschen vor, der ihm gegenübersitzt, das Essen mit ihm teilen könnte. Aber da ist niemand. Aus dem Hintergrund fällt ein Lichtkegel durch die geöffnete Tür auf einen Teppich. In der angrenzenden Wohnung sitzt ein Raucher am Tisch. In der einen Hand die Zigarette, die andere hat er über seine Augen gelegt. Neben ihm eine Frau. Sie scheint ein Kreuzworträtsel zu lösen. Auf dem Sofatisch Obst und zwei Tassen. Ein Stockwerk höher nur das bläuliche Flackern eines Fernsehers. Daneben, auf derselben Etage, wird im spärlich beleuchteten Zimmer unweit des Fensters von unsichtbarer Hand ein großes weißes Bügeleisen hin und her bewegt. Wie eines jener modernen Kreuzfahrtschiffe gleitet es durch einen nachtschwarzen Horizont. Einen Stock tiefer sind die gemusterten Vorhänge zugezogen. Direkt dahinter strahlt das warme Licht einer kleinen Stehlampe in die belebte Straße hinein. Der Verkehr rollt weiter durch die Nacht Richtung Bahnhof Zoo und zurück Richtung Funkturm, zur Avus oder zur Heerstraße. Unten beim Spanier sitzen die Leute noch auf der Terrasse. Drei Straßenmusiker mit kleinen Hüten stellen sich mit Klarinette, Saxophon und Akkordeon auf dem Bürgersteig auf und spielen »Bésame mucho«.

14 Im Bett des stillen Mannes liegt wieder ein Motor-radfahrer. In den Sommerferien hatte er seine Eltern in Anatolien besucht. Auf dem Rückweg war er zuerst gegen eine Leitplanke geprallt, dann gegen einen Pfosten. Manchmal schaut er sich Fotos an, die einen lachenden jungen Mann auf einer Honda zeigen. Aber er kann die Bilder nicht festhalten. Sie gleiten ihm aus den kraftlo-sen Händen und bleiben auf der Bettdecke liegen. Wieder sitzt eine Mutter am Kopfende, eine sanfte, schöne Frau, die schweigt.

Ein letztes Mal bin ich in sein Zimmer gegangen, um die Dinge für den Umzug einzupacken und den Ort aufzu-lösen, an dem er sich, jederzeit zum Aufbruch bereit, zwischen seinen wenigen Besitztümern im Vorläufigen eingerichtet hatte. Er war fremd in dieser Stadt, bereit für einen Neubeginn, und hatte Berlin mit schnellen, leich-ten Schritten erkundet. Aber er konnte noch nicht Fuß fassen. Erst die Wohnung, in der er abstürzte, kaum dass er sie in Besitz nehmen wollte, hatte ihm das Gefühl ge-geben, angekommen zu sein. In der Erinnerung erschei-nen mir seine damaligen Schritte, mit denen er jedem

Hindernis in letzter Minute geschmeidig auswich, fast zu leichtfüßig, ohne Bodenhaftung. Vielleicht hatte er sich nicht festlegen wollen oder scheute die Berührung mit dem Grund, auf den er trat. Aber seine Bewegungen waren nicht unbeschwert gewesen. Vor jedem Schritt schien er kaum merklich zu zögern, und das verlieh seinem Gang etwas verdeckt Unsicheres und zugleich Riskantes.

Jetzt nehme ich die von ihm flüchtig hergestellte Ordnung seines Zimmers auseinander, zerreiße die unsichtbaren Fäden, die die verschiedenen Gegenstände miteinander verbinden, und verstaue alles in Kartons. Unten schwere Architekturbände, Foto- und Kunstbücher, darüber Hemden, Socken, Wäsche. Ich lege Hand an, wo ich bislang nur betrachtet habe, räume seine Zettel vom Tisch, Zeichnungen, mit denen er seine Briefe ergänzte, Notizen, kleine Frauenfiguren, aus Pappe geschnitten, die er mir manchmal geschickt hat, ähnlich den frühzeitlichen weiblichen Skulpturen aus Ton, wie man sie auf Kreta gefunden hat. Eine winzige angestaubte Rosenknospe, Devotionalien, deren Bedeutung ich nicht kenne, Tagebücher aus Jahren, die nicht die unseren sind. Überbleibsel anderer Lebensphasen, von denen ich nur weiß, was er mir erzählt hat. Ohne seine Anwesenheit, die mir einzig den Zutritt in die Geheimnisse seines Lebens gewähren könnte, wird alles, was ich hier tue, zum einsamen Übergriff. Da liegen meine Briefe, geschrieben, wenn er morgens fortgegangen, und angekommen, nachdem er schon wieder bei mir gewesen war. Sie bilden einen Stapel neben dem Bett, auf dem er sich manchmal ausgeruht, aber selten geschlafen hat. Ich lese sie nicht, weil ich mich vor der Unbefangenheit meiner eigenen Worte, vor meiner Ahnungslosigkeit fürchte. Dann werden der Schrank, der Thonetsessel, das Rennrad, das Türblatt, Böcke, Zeichenlampen, die beiden großen Bilder, ein Bücherregal, Bett, Holzkisten und Kartons in einen Umzugswagen geladen, der zwei Straßen weiter den Inhalt meiner beiden Zimmer aufnimmt und alles in die neue Wohnung transportiert. Während Freunde seine und meine Dinge hinauf in den zweiten Stock schleppen, drängeln sich im Treppenhaus professionelle Möbelpacker vorbei, mit Metallkäfigen auf dem Rücken, in die ein großer Hund oder auch ein Mensch passen könnte. Vor der vierten Etage links werden die Behältnisse gestapelt. Neben diesen perfekt mit Tür und Schloss versehenen Konstruktionen nehmen sich seine und meine Möbel wie Sperrmüll aus. An einem Treppenabsatz verhakt sich die nicht ganz akkurat verarbeitete Drahtecke eines Käfigs in der Sitzbank des kleinen, mit einer vergoldeten Rosette geschmückten Sofas, das mir vor Jahrzehnten ein junger Maler überlassen hatte. Der Maler ist inzwischen berühmt geworden, das Sofa durchgesessen. Der Käfig hängt am verschlissenen, sandfarbenen Bezug und lässt sich nicht lösen. Mit einem Ruck wird aus dem fadenscheinigen Stoff ein Fetzen herausgerissen, der wie etwas Anstößiges, nahezu Obszönes von der hart glänzenden Käfigecke herabhängt, als die Möbelpacker nach oben um die Ecke biegen. Es folgen Gitterwände aus Metall mit Halterungen aus Leder und Andreaskreuze, an denen Handschellen befestigt sind. Zwei Frauen mittleren Alters mit ungewöhnlich hohen, brikettartigen Frisuren und einem kläffenden Hündchen nehmen die Käfige, die Kreuze und die Gitterwände in Empfang. S&M Möbel steht jetzt an der Tür, wo vorher das Büroschild des Steuerberaters angebracht war.

15 Später werden die Ärzte es als ein Wunder bezeichnen. Bis zuletzt hatte er es abgelehnt, sich einen Rollstuhl anmessen zu lassen, passend für seine Größe und sein Gewicht. Immer wieder haben sie ihn gedrängt und immer wieder hatte er Nein gesagt. Jetzt geht er den Weg durch das Klinikgelände an zwei Krücken. Einen Schal um den Hals, den Gürtel seines Trenchcoats zusammengeknotet wie früher, kommt er auf mich zu. Als er mich in die Arme nimmt, lehnt er sich an den Torpfosten, um nicht zu fallen. Wir verbringen die erste Nacht in unserer Wohnung auf einer Matratze. Ich fühle seinen Körper an meinem, umschlinge seine Beine, die schwer, kalt und zitternd zwischen den meinen liegen. Er spürt meine Berührung an manchen Stellen, dann wieder weiß er nicht, was meine Füße tun, wenn sie an seinem Unterschenkel entlangtasten. Ich schlafe tief vor Erschöpfung. Ihn halten Unruhe und Spannung in den Beinen wach. In der Dunkelheit stemmt er eine Krücke gegen die Fußleiste und zieht sich mit der anderen Hand an einem Stuhl hoch, stützt sich ab, schwankt, bis er Halt findet. Dann geht er durchs Zimmer, begleitet vom Geräusch der Krücken, rechts, links, auf dem Holzfußboden.

Am Morgen fasst er den Entschluss, sich allein auf den Weg in seine frühere Wohnung zu machen, wo ein paar Dinge zurückgeblieben sind. Zum ersten Mal seit Monaten schaue ich ihm hinterher, wie er sich entfernt, wieder ins Leben hinausgeht. Vom Balkon aus beobachte ich, wie er an der Kante des Bürgersteigs steht und wartet, bis weit und breit kein Auto mehr zu sehen ist. Schließlich setzt er zum Schritt an und überquert die Straße. Kein Blick nach rechts und links, nur vorwärts, geradeaus. Ein Baugerüst verdeckt ihn, und ich verliere ihn aus den Augen. Er hat sich ausgerechnet, dass die Strecke etwa sieben- bis achtmal so lang ist wie der Weg von der Station für Querschnittsgelähmte durch das verzweigte Klinikgelände bis zum Haupteingang, den er in einem Stück gegangen ist. Wenn er sich unterwegs ausruhen würde, auf einer Mauer oder in einem Café, denkt er, könnte er es schaffen. Er kommt bis zu den S-Bahn-Bögen und biegt in die Knesebeckstraße ein. Dann kann er nicht mehr und hält ein Taxi an.

In der Zeit, die uns bleibt, bis er in eine Klinik an die Ostsee fahren wird, sinken die Temperaturen. Zwischen Kisten und herumstehenden Möbeln sitzen wir in Decken gehüllt. Die Heizung schafft nicht mehr als achtzehn Grad. Ostwind und Smog dringen durch die Fensterritzen. Als sich am späten Abend Brandgeruch hineinmischt, gehe ich beunruhigt durchs Haus, in den Hinterhof und in den Keller. Dann folge ich dem beißenden Geruch in die Seitenstraße. Am Kurfürstendamm stoße ich auf ein Hotel, aus dessen Fensterhöhlen noch der Qualm eines bereits gelöschten Feuers aufsteigt. Während wir uns in der Nacht aneinander wärmen, träumen wir beide einen schrecklichen Traum. Er träumt, er stehe gelähmt auf einem Feld, und eine Panzerkette rolle auf ihn zu. Ich träume, dass ich mich vor Verfolgern in Sicherheit bringe, weil ich rennen kann. Aber er kann es nicht. Ich sehe bewaffnete Männer näher und näher kommen. Im Dorf meiner Kindheit schlage ich an alle Türen, um Hilfe zu holen. Aber niemand macht auf.

Am nächsten Tag lässt der Heizungsmonteur wieder das Wasser ab, schraubt an den Ventilen, füllt das Wasser auf und entlüftet die Rohre. Man kann nichts machen, sagt er, als es immer noch zu kalt bleibt. Wir gehen zu den Alten Meistern in die Gemäldegalerie, um uns zu wärmen. Ein einziges Mal hat er sich im Museum einen Rollstuhl ausgeliehen. Vielleicht war es der Lichteinfall auf den Bildern hinter Glas, der eine Blendung erzeugte. Sie zog sich wie eine milchige Folie über die Gemälde, sodass für ihn, in seiner Sichthöhe, nahezu nichts auf ihnen zu erkennen war.

16 Frühnebel liegt über der Stadt, als wir in den Zug Richtung Ostsee steigen, er mit einem kleinen Lederrucksack auf dem Rücken, ich mit seiner Reisetasche. Eigentlich, sagt er, müsste er die schwere Tasche tragen, und dieses Wort wird sich zwischen uns breitmachen. Es wird die wachsende Entfernung zwischen dem, was war, und dem, was ist, ausmessen, den Weg zwischen Erinnerung und Gegenwart. Am Wort »eigentlich« wird er festhalten, wie er an seinem Selbstbild als Läufer festhalten wird, der er einmal war. Eigentlich hat er immer alles getragen. Jetzt aber ist jeder Schritt, sogar mit dem kleinen Rucksack, ein Balanceakt, die Fahrt mit der Rolltreppe zum Bahnsteig hoch ein Wagnis, das Erklimmen des Waggons über die hohen Stufen eine Gipfelbesteigung. Dann sitzen wir zum ersten Mal wieder zusammen im Zug, der mit uns scheinbar schwerelos die gläserne Halle des Bahnhofs verlässt. Die S-Bahn gleitet ein Stück Wegs neben unserem Abteil her und bleibt auf der Höhe Savignyplatz zurück. Obwohl der Zug bereits Geschwindigkeit aufnimmt, huschen die Fenster der Wohnung zwei Querstraßen weiter für den Bruchteil einer Sekunde durch unseren Blick.

Die Felder sind mit Raureif bedeckt. Die Welt kehrt

zurück mit kleinen Bahnstationen, wie wir sie beide als Fahrschüler kannten, am Rand von verschlafenen Dörfern gelegen. Obwohl die Landschaft völlig anders ist als Oberhessen, wo er in der Gegend des Niddatals und ich an den Ausläufern der Rhön aufwuchs, empfinden wir das Vorbeiziehen der aus der Zeit gefallenen Ortschaften wie die Wiederholung unseres längst vergangenen Schulwegs.

Am Ostseestrand ragen die Hochhäuser der Klinik auf. Ich trage die Reisetasche durch automatisch sich öffnende Türen. Dann geht er auf eine Wand zu, an die er sich anlehnen kann, um mich zum Abschied in die Arme zu nehmen. Ein letztes Mal sehe ich ihn hinter Glas an seinen beiden Krücken stehen, bevor ich in das wartende Taxi steige. Der Wind schiebt Regenwände vom Meer über das Land. Verlassen liegen winzige Ferienhäuser, die nur aus spitzen, bis zum Boden gezogenen Dächern bestehen, in den nassen Wiesen.

Als ich in die Wohnung zurückkehre, sind die Zimmer überheizt. Jetzt lassen sich die uralten Heizkörper nicht mehr abstellen. Alles trocknet aus, die Haut, das Haar und auch die Pflanzen. Wieder schraubt der Monteur den ganzen Tag herum, aber die Ventile schließen nicht. Das Wasser wird abgelassen, um Heizkörper und Ventile auszuwechseln. Zwei Tage liegt alles brach. Danach pendelt sich die Temperatur wieder bei achtzehn Grad ein. Ich bewege mich im Laufschritt durch die Räume. Der Taxifahrer aus der Wohnung gegenüber leiht mir einen Radiator. Abends setze ich mich neben die fahrbare Heizung und schaue dem Leben in den Wohnungen gegenüber zu. Um zehn geht das Licht im Zimmer des einsamen Essers an, lange, bevor er selbst zurückkehrt. Der Stuhl, auf den er sich setzen wird, scheint schon zu warten. Den ganzen Tag steht er, ein Stück vom Tisch weggerückt, so wie er ihn am Vorabend zurückgelassen hat. Der Abstand zu dem Stuhl daneben ist immer gleich. Kurz vor Mitternacht sitzt er an seinem Tisch. Den Augenblick, als er den Tisch deckte, habe ich verpasst. Ich hätte ihn gern hin- und hergehen sehen, von der Küche ins Zimmer und zurück, in der Hand einen Teller, ein Glas, eine Flasche Bier. Aber er sitzt schon und isst. Gebeugter Rücken, Ellenbogen aufgestützt. Geometrische Schatten. Das Bild eines einzelnen Menschen, der in größter Einsamkeit auf eine Wand starrt, erschöpft von einer Arbeit, die ich mir nicht vorstellen kann. Was bringt ihn dazu, so spät zu essen? Der Teller ist leer, er steht auf. Der Gang des Mannes ist beweglich, nahezu tänzerisch. Er passt nicht zu dem dumpfen Starren auf die immer gleiche leere Stelle. Der Mann verwandelt sich, wenn er aufsteht. Seine anmutigen Bewegungen stellen den trostlos erscheinenden Ablauf dieser Abende infrage.

17 Morgens um sieben zerrt ein Mann drei kleine schwarz-weiße Hunde an der Leine unter meinem Fenster vorbei und reißt mich aus dem Schlaf. Die Hunde bellen und bellen in hohen schrillen Tönen. Tag für Tag die gleiche Runde um den Block. Morgens, mittags, abends. Ich weiß nicht, ob die kleinen Hunde jemals auf einer Wiese oder im Wald gewesen sind. Bei ihrer Runde um den Block machen sie halt an der Eiche unter meinem Fenster. Eines Tages spreche ich mit dem Besitzer. Jetzt lassen mich die Hunde schlafen. Sie kommen zwei Stunden später, auf die Minute genau.

Ich wache zwischen den Dingen seines vergangenen Lebens auf. Die Sonnenbrille, die ihn jetzt beim vorsichtigen Gehen unsicher macht, Jeans, deren harte Nähte seine nervengeschädigten, angespannten Beine nicht mehr ertragen. In einer Kiste die Turnschuhe, in denen er vor einem Jahr dem Dieb nachgerannt war, der mir nachts in Rom die Tasche von der Schulter gerissen hatte. Ich wollte ihm das Haus zeigen, in dem ich vor mehr als zwanzig Jahren einen Winter lang gelebt habe. Die Straße in der Nähe von Santa Maria in Trastevere ist so kurz, dass sie auf keinem Stadtplan verzeichnet ist, zwei Häuser, Nummer eins und Nummer zwei. Sie ist auch so eng, dass ich, um auf die Wohnung im fünften Stock der Nummer eins deuten zu können, einen Schritt von ihm weg tun muss. Dann der Ruck an meiner Schulter. Wie ein gestohlenes Huhn hält ein Dieb die Tasche am gestreckten Arm und verschwindet in einer Seitengasse.

Blitzschnell folgt er dem Mann und schreit auf Deutsch Verwünschungen durch die Nacht. An der Ecke, an der der Dieb abgebogen war, stellen ihm zwei Komplizen ein Bein. Sein heller Trenchcoat flattert hoch. Er fliegt über das Pflaster, schlägt auf, schnellt wieder hoch und rennt weiter. Nach ein paar Minuten kommt er mit der Tasche an. Das Portemonnaie ist leer, das Geld ist weg. Das Unersetzliche aber wird dennoch zurückkehren. Zusammen suchen wir noch einmal die Gassen ab, die von der Via San Pancratio, am Fuß des Gianicolo Richtung Tiber, abgehen. Im Licht der Straßenlaternen bückt sich ein kleines Kind, hebt etwas vom Pflaster auf, bückt sich wieder und wieder. Dann läuft es zu seiner Mutter, die mitten in der Nacht langsam hinter dem Kind hergeht. Es sind die winzigen Automatenfotos aus meinem Portemonnaie, die das Kind aufliest wie Spielkarten. Augenblicksbilder, Erinnerungen an Menschen, denen ich in Liebe verbunden bin, das erste Foto von ihm und mir, zusammengedrängt in der Kabine, Fotos von meiner Mutter, von meinem Sohn, der damals so klein war wie dieses Kind, das jetzt im Licht der Straßenlaternen alle Bildchen eingesammelt hat.

Nur im Notfall hole ich mir Hilfe, arbeite allein vor mich hin, schaffe weg, was im Weg steht, ohne mich dabei zu verlieren auf dem schmalen Pfad zwischen seinem und meinem Leben. Ich möchte wenig reden, keine Ratschläge bekommen und keine Prognosen abgeben, nichts erklären und keine Auskünfte erteilen über einen Menschen, der sich fern von mir in einer Betonburg am Meer unter anderen verletzten Menschen seinem Schicksal gegenübersieht. Er sei unterwegs in langen Gängen, schreibt er. Wenn er, dicht an der sicheren Wand, versuche, freihändig Schritte zu machen, sei es, als ob er auf einem Baumstamm balanciere. Er trainiert seinen rechten Fuß, der sich dagegen auflehnt und verkrampft. Ein Widerstreit der Kräfte. Vernunft, Ordnung, Maß und Ziel kämpften an gegen Ziellosigkeit, Reflex, Chaos und Unkoordiniertheit. Manchmal stehe er neben sich und wundere sich über seine zitternden, unbeweglichen Beine. Immer noch trage er wie ein vorgeprägtes Bild die eigene Unversehrtheit in sich. Aber es sei wohl an der Zeit zu zeigen, wie unsicher er sei. Zuweilen erstaune es ihn, schreibt er, dass er bei der erzwungenen Verzögerung seiner Schritte auf eine innere, längst vorhandene Langsamkeit stoße, die er früher hinter einer zum Lebensstil gewordenen Eile habe verschwinden lassen.

Im Sand, schreibt er auch, sei er innerlich jauchzend mehr als hundert Meter gegangen. Befreit von der Angst zu fallen, habe er die Augen beim Gehen schweifen lassen, habe wieder Nähe und Ferne einschätzen können. Ganz deutlich, sagt er, habe er gespürt, dass sich eine Landschaft erst dann mitteile, wenn man sie durchmesse.

In den vergangenen Monaten sei die Welt für ihn abstrakt geworden, weil er sie nur von einem festen Punkt aus habe betrachten können. Weiter und weiter sei er jetzt im Sand gegangen. Dann aber habe er sich umgedreht und den Rückweg vor sich gesehen. Die Klinik weit entfernt. Auf einer Postkarte, die den Strand im Sommer, bevölkert von unzähligen Badegästen zeigt, finde ich ein Kreuz an der Stelle eingezeichnet, wo ihn die Panik überfiel. Die Lampen, mit denen die Hochhäuser in der Ferne bereits angestrahlt gewesen seien, hätten seinen Rückweg in umso bedrohlichere Dunkelheit getaucht. Seine Beine seien vor Schreck erstarrt. Aber dann habe er wie von außen auf sich geschaut und einen Mann gesehen, der seine störrischen Beine anfeuerte und ihnen Mut zusprach, während er sich Zentimeter für Zentimeter, wie mit angezogener Handbremse durch den Sand vorwärts schleppte. Und dieser Mann, schreibt er, dieser Mann lachte.

An der Wand, an der er abgestürzt ist, bringe ich eine Kleiderstange an. Ein Regal reicht bis fast an die kleine abgerundete Ecke hinauf. Gegenüber befestige ich eine Gitterfläche mit Haken für Hämmer, Zangen, Sägen, Schraubenzieher und Zwingen. Eine Werkbank finde ich im Baumarkt. Die Kammer zum Hof ist jetzt meine Werkstatt, und wenn er zurückkehrt, wird sie seine werden. Ich installiere meine Stereoanlage, und während ich Schränke auf Kartoffelschalen oder Decken hin und her schiebe, höre ich laut Musik. Manchmal lasse ich das, was ich gerade schiebe, stehen und tanze für mich allein. Ich zähle die Monate rückwärts bis zum vergangenen März, Barcelona, Calle del Tigre, Tango in der Paloma, er und

ich zwischen Paaren mit ausgestreckten Armen in Anzü-
gen mit breiten Revers und Sonntagskleid. Es ist das letzte
Mal gewesen.

18 Eine der Schriftstellerwitwen, die ich befragen möchte, lebt in Weimar. Wenn ich ein Tonband in die DDR mitnehmen will, brauche ich ein Dienstreisevisum, das der stellvertretende Minister für Kultur nur dann ausstellen kann, wenn eine westdeutsche Institution hinter dem Projekt steht. Hinter dem aber, was ich vorhabe, steht niemand, bis jetzt nicht einmal ein Verlag. Doch die Witwe eines ehemals prominenten Schriftstellers, die in Ostberlin lebt, hatte ein Wort für mich eingelegt beim Minister, den sie auf dem Geburtstag eines heute prominenten Schriftstellers antraf. So kam es, dass ich im obersten Stockwerk eines Plattenbaus mit dem Minister beim Tee saß, den wir aus Gläsern in gelben Plastikhalterungen tranken. Während mein Antrag von den unteren Stellen langsam nach oben wanderte, veränderte sich die politische Lage. Der Minister hatte etwas gesagt, was er nicht hätte sagen dürfen, und wurde abgesetzt, bis sich ein anderer prominenter Schriftsteller beim Staatsratsvorsitzenden für ihn verwendete und der Minister wieder eingesetzt wurde. Als mein Antrag oben angekommen war, erhielt ich die Genehmigung. Noch ein paar Wochen vergingen, und ich konnte das Visum in der Zentrale für ausländische, kulturelle Angelegenheiten am Bahnhof Friedrichstraße abholen. Die Zentrale ist eine Baracke, kurz vor der Weidendammer Brücke auf einem Trümmergrundstück.

Ein Mann und eine Frau erwarten mich bereits auf den drei Stufen, die zwischen einem Geländer zur Baracke hinaufführen. Sie haben schon länger dort gestanden und gemeinsam Ausschau gehalten nach einer Frau von drüben, aus dem Westen, die einzige, die heute eintreffen soll. Die Baracke hat etwas verheißungsvoll Provisorisches, wie die Behelfsheime aus meiner Kindheit. Man ist noch nicht angekommen in der besseren Zukunft, aber man ist auf dem Weg. Schon auf der Treppe begrüßen mich die Frau und der Mann, gleichlautend, aber leicht versetzt und sich an manchen Stellen ins Wort fallend, beglückwünschen sie mich zum Empfang eines Dienstreisevisums für die Deutsche Demokratische Republik. Ich werde in ein überheiztes Zimmer geführt, darin ein nach oben und unten verstellbarer Tisch, ein beiges Sofa und dazu passende Sessel. Über den beiden Sesseln, als stets anwesendes Gegenüber, der Staatsratsvorsitzende in goldenem Rahmen. Aber das Bild hängt schief. Das ohnehin schräg aufgenommene Gesicht sackt ab. Eine Weile ertrage ich den Anblick, dann stehe ich auf und schiebe das Bild von unten sachte gerade. Ich halte den Rahmen noch im Gleichgewicht, als die Frau und der Mann mit meinem grünen Reisepass das Zimmer betreten. Kurz halten wir das Bild zu dritt gerade, aber als wir es loslassen, rutscht es unter dem Geratter der dicht vorbeifahrenden S-Bahn wieder in die Schräglage.

Er kommt in der Nacht zurück, als es unaufhörlich schneit und die Straßen stiller und stiller werden. Ich höre nicht, als er die Tür aufschließt. Er geht zuerst in sein Zimmer. In der Mitte des Raums stehen jetzt ein langer Tisch und ein alter Drehstuhl, den sein früherer Architekturlehrer entworfen hat. Das Zimmer blass erleuchtet vom Schnee und vom Schein der Straßenlaternen. Eine Weile, sagt er, habe er nur dagesessen. Er habe sich vorgestellt, wie er, unbeschwert gehend, mich um die Taille fasst und leise: »Komm!« sagt. Unser zurückliegendes Leben, dessen sei er sich in diesem Augenblick sicher gewesen, werde unsere Zukunft nähren, denn was er sich wünschte, das hatte er erlebt. Bei diesem Gedanken seien Gewichte von ihm abgefallen, und er habe sich als glücklichen Menschen empfunden. Er ist ohne die beiden Krücken zurückgekehrt. Ich wache auf vom Geräusch eines einzigen Stocks, der sich behutsam nähert. Schwarz gekleidet lehnt er in der Tür. Dann spüre ich ihn neben mir.

19 In der Neujahrsnacht liegt das Charlottenburger Schloss von Lichtern angestrahlt im Schnee. Die Strecke bis zur Mittelallee, die immer nur der Beginn des Wegs war, den wir zusammen durch den Park und weiter am Ufer der Spree gegangen sind, ist jetzt sehr lang geworden. Er geht mit dem Stock, tastend, ob sich Eis unter der Schneedecke gebildet hat. Er geht so langsam, dass ich nicht Schritt halten kann. Ich bleibe stehen, bis er auf meiner Höhe ist, dann bleibe ich zurück, um ihn wieder einzuholen. Vielleicht hat er die ganze Zeit, während wir in Zeitlupe zu dem eingeschneiten Auto zurückgehen, darüber nachgedacht und sich Mut gemacht, das zu tun, was er eigentlich nicht mehr kann und auch nicht mehr darf, was er aber noch einmal versuchen möchte. Mit dem Ärmel wischt er den Schnee von der Fahrertür und setzt sich ans Steuer. Er tritt auf die Kupplung und bewegt den rechten Fuß zwischen Gas und Bremse hin und her. Wir sind ganz still. Ich halte den Atem an, als er den Gang einlegt und sich im Schneckentempo in die Furchen einfädelt, die andere Autos in den Schnee gefahren haben. Kein Wort, als er die Schlossstraße entlangfährt, die Bismarckstraße überquert, in die nächste Seitenstraße einbiegt und vor dem Haus anhält.

Wir bleiben lange in dem blauen Opel-Kombi sitzen, mit dem wir im letzten Winter durch das verschneite Tarragona gefahren sind, im Frühjahr nach Rom, und immer wieder vorbei an den Orten unserer Kindheit, durch die Rhön, wo mein Vater, den ich nicht kannte, von der Wasserkuppe aus mit dem Segelflugzeug aufgestiegen war, und ins Niddatal, wo sein Vater eine Landarztpraxis hatte. Auf unserer letzten Reise waren wir noch einmal zu Fuß in einem norddeutschen Moor unterwegs gewesen, bevor wir die wenigen Dinge auf die Ladefläche schoben, die er aus dem Leben mit einer anderen Frau auf der Tenne eines reetgedeckten Bauernhauses zurückgelassen hatte.

Vom kleinsten Raum aus, der einmal unser Sommerschlafzimmer werden sollte und jetzt seine Werkstatt ist, nimmt er die Wohnung in Besitz. Er baut meinen Schreibtisch über Eck, wie er ihn, kurz bevor er abstürzte, entworfen hatte. Höhe, Tiefe und Länge der Tischplatte sind nach dem goldenen Schnitt berechnet, der sich an den idealtypischen Maßen des menschlichen Körpers orientiert. Auch wenn er sich eine Hose kauft, wählt er sie nach den Proportionen seines Körpers aus, nicht nach der Konfektionsgröße. Die Länge misst er mit ausgestreckten Armen, in jeder Hand ein Hosenbein. In den geschlossenen Hosenbund spannt er den Unterarm. Früher stand er dabei freihändig. Jetzt lehnt er sich im Laden an eine Wand.

An der Werkbank bewegt er sich auf dem alten hölzernen Drehstuhl mit Rädern hin und her, greift nach diesem und jenem, ohne jedes Mal aufstehen zu müssen. Bei manchen Arbeiten holt er sich Hilfe. Mit einer elek-

trischen Säge schneidet er die Holzplatte zu, die der Taxifahrer von gegenüber mit aller Kraft auf die Werkbank
presst. Vom Schreibtisch aus, der mit schrägen Stützen
an der Wand befestigt ist, sehe ich durch das Erkerfenster
die vorbeigleitenden Umrisse von Menschen im erleuch-
teten Speisewagen, bevor der Zug kurz nach der Brücke
in einer leichten Kurve in die gläserne Halle des Bahnhof
Zoo einfährt.

Es wird lange dauern, bis er wieder in das große Büro in
Kreuzberg zurückkehren kann. In den ersten Monaten
erprobt er seine Kräfte, seine Ausdauer, Sicherheit und
Balance. Manchmal will es mir scheinen, dass die her-
zurichtenden und zu reparierenden Dinge ihm den Weg
weisen, wie er sich mit dem verletzten Körper wieder zu-
rechtfinden kann in der ihn umgebenden Welt. Anfangs
mit den Händen, dann zu Fuß, in größer werdenden
Kreisen. Mit dem Werkstattstuhl fährt er um das goldene
Sofa herum und nimmt Stück für Stück das zerschlisse-
ne Polster ab, bis am Ende nur das Holzgestell und die
Sprungfedern übrig bleiben. In einem Laden für Polster-
material in Kreuzberg besorgt er sich Gurtbänder, große Nadeln, Garn, Lagen von Seegras. Er zieht den Faden
durch die Polsterung und die Gurte, verknüpft ihn mit
den Sprungfedern. Ich spanne Seidensamt straff über das
Polster. Er nagelt ihn mit winzigen Nägeln fest, verdeckt
die Nägel durch eine Borte und klebt sie mit Fischleim
an. Lange arbeitet er an den kaputten Thonetstühlen. Er
nimmt das eingerissene Flechtwerk herunter, zieht einzelne Rattanfäden erst gerade, dann schräg über den Sitz,

schafft ein neues Gewebe. Mehr und mehr reparierte Stühle sammeln sich um den langen Marmortisch. Einen Stuhl aber stellt er vor ein schmales weißes Stück Wand, das im hinteren Flur einen kleinen Vorsprung bildet. Obwohl jedes Möbelstück in der Wohnung durch seine Hände gegangen ist, wird er einzig diesen Stuhl als seinen Beitrag zur Einrichtung bezeichnen. So schreibt er die Stelle fest, bis zu der er es geschafft hatte, sich aus der Kammer herauszuziehen, bevor er die schwarzen Stiefel der Feuerwehrleute auf sich zukommen sah. Niemand setzt sich auf diesen Stuhl. Er ist am Ende der Zimmerfluchten stehen geblieben vor einem Stück Wand, das aus der Entfernung wie eine eckige Säule wirkt. Darüber ein Lichtkreis.

20 In den Nächten reißen ihn die Spannungen in seinen Beinen aus dem Schlaf und halten ihn wach. Keine
Therapie, kein Medikament, nichts hilft, seine Beine aus
den Drahtseilen oder dem Schraubstock zu befreien, in
die sie, wie er es empfindet, eingezwängt sind. Irgendwann wird er sagen, dass ihm das Schlafen zu anstrengend
sei. Er ist froh, wenn er in der Nacht meine geschlossenen
Augen anschaut und mich ruhig atmen hört. Ich aber beobachte ihn durch die halb geöffneten Lider, sehe ihn im
spärlichen Licht, das durch die Jalousie ins Zimmer fällt,
auf dem Bettrand sitzen und die angewinkelten, zucken-
den Beine fest auf den Boden drücken. Manchmal drehe
ich mich auf die andere Seite. Manchmal drehe ich mich
auch morgens weg, wenn er aufsteht und ich angesichts
der unvorstellbaren Kraft, die er täglich aufbringen muss,
um die ersten Schritte zu tun, den Mut verlieren könnte.
Es gibt Augenblicke während des Aufstehens, in denen er
gefährlich schwankt. Der Stock, den er schräg ansetzt, um
sich hochzustemmen, findet noch keinen Halt, er kann
sich noch nicht mit der anderen Hand auf dem Stuhl neben dem Bett abstützen. In diesem Zwischenakt scheint
seine Silhouette zu schweben. Mit fast geschlossenen

Augen halte ich den Atem an, bereit aufzuspringen, falls er stürzen sollte. Wenn er es geschafft hat, kann ich in seinen Zügen nichts mehr von der kräftezehrenden Anstrengung finden, deren stille Zeugin ich eben noch gewesen war.

Wenn sich die Beine ausgetobt haben, nicht mehr auf dem Boden aufschlagen und ruhig werden, liegt er in manchen Nächten dennoch lange wach, ohne wieder einschlafen zu können. Mich kann der Lärm des Restaurants unter uns zwar am Einschlafen hindern, aber wenn die Augen einmal zugefallen sind, blenden meine Ohren die Geräusche aus. Er aber hat Ohren, die alles hören. Der Lärm, der von den Gästen auf der Terrasse des Spaniers hochsteigt, und die Schläge, wenn gefrorenes Fleisch oder Fisch in der Küche zu Portionen zerteilt wird, rauben ihm den Schlaf. Das Hacken, sagt er, steigere sich um Mitternacht zu einer schnellen rhythmischen Folge, nehme dann ein wenig ab, zwischen zwei und drei Uhr flamme es wieder auf, werde ab vier Uhr seltener und ende mit den letzten Schlägen im Morgengrauen, wenn Tische und Stühle auf dem breiten Bürgersteig zusammengeräumt werden.

Eigentlich mag er den Spanier. Er mag es, dass er einen armen Stehgeiger Abend für Abend großzügig entlohnt, wenn der alte Mann auf einem verstimmten Instrument vor dem Restaurant bekannte Melodien so misshandelt, dass sie niemand mehr mitsingen kann. Er mag auch die Frau des Spaniers, die ihn einmal auf dem Trottoir aufgefangen hatte, als er auf dem noch unter dem letzten Schnee verborgenen Eis ins Rutschen gekommen war. Sie hatte ihn noch eine Weile in ihren kräftigen Armen gehalten, bis er wieder sicher stand.

In einer schlaflosen Nacht macht er sich auf und geht hinunter ins Restaurant. Der Spanier und er setzen sich an einen Tisch. Eine Platte Serrano wird aufgetragen, und sie reden. Der Spanier nickt, er versteht. Dann setzt er eine Brille auf und schreibt. Auf einem Zettel notiert er das Klopfen in der Küche. Er notiert auch den Geruch, der beim Anheizen des Herdes bei offener Küchentür durch unsere Wohnung zieht, den Gestank, der aus den überfüllten Mülltonnen aufsteigt, und das nächtliche Gelächter und Geschrei der Gäste auf der Terrasse. Er schreibt: »Fleischhacken, Mülltonnen, Küchentür schließen, Gäste leiser.« Dann sagt der Spanier: »Ich kümmere mich darum.«

Als aber das Hacken von eingefrorenem Lamm und Thunfisch aus der Küche weiterhin in unser Schlafzimmer dringt, lassen wir den Lärmmesser kommen. Die Arbeitszeit des städtischen Lärmmessers endet um vier Uhr nachmittags. In Ausnahmefällen wie diesem macht er Überstunden bis zum frühen Abend. Er kommt, bevor der Herd beim Spanier angeheizt wird, und installiert verschiedene Messapparate, einen neben dem Hackklotz, einen neben unserem Bett. Das Hacken, sagt der Lärmmesser, steige an der Wand zu unserem Schlafzimmer hoch, die zwei Stockwerke tiefer an die Küche des Restaurants grenzt. Er ist mit zwei Funkgeräten ausgerüstet, von denen er eines beim Koch lässt. Mit dem anderen richtet sich der Lärmmesser in unserem Schlafzimmer ein und ruft »Los!« durchs Funkgerät. Ob der Koch das Beil jetzt besonders sanft in bereits angetautes Fleisch senkt oder auch danebenschlägt, ist von oben nicht zu sehen. Der Lärmmesser ruft: »Lauter!« Aber auch der zweite Hieb erzeugt lediglich eine träge, weit unter der Norm liegende Nadelbewegung am Messgerät. Nur ein matter, dünner Schlag dringt nach oben, der niemanden aus dem Schlaf reißt. Schließlich schreit der Lärmmesser »noch lauter!« in sein Funkgerät. Er feuert den Koch im Parterre an. Aber der Koch lässt sich nicht anfeuern und zu seinen rhythmischen schnellen Schlägen verleiten, die ihm nachts so leicht von der Hand zu gehen scheinen. Jetzt rennt der Lärmmesser nach unten in die Küche, greift selbst zum Beil und macht vor, wie heftig der Koch zuschlagen soll. Zurück in unserem Schlafzimmer schreit er noch einmal: »Los!« durch das Funkgerät. Der Koch hat jetzt zwar so fest zugeschlagen, dass man ihn oben hören konnte, aber die Nadel bleibt wie durch Zauberhand einen Strich unter der Grenze stehen, die die zulässige Anzahl von Dezibel von der nicht zulässigen trennt. Um das Originalhacken auf dem Messgerät festzuschreiben, sagt der Lärmmesser, müsse zur Echtzeit gemessen werden, also vom frühen Abend bis zum Morgengrauen. Da er aber seine Arbeitszeit nicht ausdehnen darf, bis die Küche des Spaniers schließt, packt er seine Gerätschaften wieder ein und hinterlässt die Auflage, den Hackklotz in der Küche mit einer Gummiunterlage abzupolstern.

21 Das Paar im dritten Stock rechts ist ausgezogen. Ein letztes Mal sind die Frau und der Mann schreiend durch den Hinterausgang ihrer Wohnung die enge Wendeltreppe hinunter in den Hof gerannt, die junge Frau voraus mit dem Baby auf dem Arm. Dann hat ein neuer Mieter zu renovieren begonnen. Ich habe einige Tonbänder der Gespräche mit den Schriftstellerwitwen abgeschrieben und arbeite am ersten Text. Auf vielen Seiten suche ich nach einem Anfang, der mich durch die Geschichte führen könnte. Ein kleiner Satz, ohne Absicht dahingesagt, der eine mögliche Wahrheit über den Menschen offenbart, mit dem ich so lange gesprochen habe. Ich schreibe mit weichem Bleistift. Zwanzig Seiten liegen auf dem Schreibtisch in meinem Arbeitszimmer. Als ich von einem Spaziergang zurückkehre, hatte es aus einem angebohrten, unter Putz verborgenen Wasserrohr langsam, aber stetig von der Decke auf die ersten zwanzig Seiten getropft. Die Bleistiftschrift verwischt zu einem filigranen, graphischen Muster, ein blassgrauer Schleier undeutlicher Linien. Ich lege die Seiten zum Trocknen aus. An einem erkennbaren Wort lässt sich ein Satz entziffern, aus einem Satz ein Absatz, Seite für Seite.

Der zweite Wasserschaden bricht mit Getöse in die Wohnung ein. Das Wasser stürzt aus einem großen Loch, das die Arbeiter in der Wohnung über uns durch die Decke unserer Gästetoilette geschlagen haben. Es stürzt direkt in die Kloschüssel und fließt ab. Wenige Wochen später tropft es in einem der vorderen Zimmer, und ein großer Fleck zieht sich die Decke entlang. Nachdem die Waschmaschine oben auch noch den gesamten hinteren Teil unserer Wohnung unter Wasser gesetzt hat, dauert es Monate, bis alles wieder trocken ist.

In der vierten Etage links ist der kleine Hund nicht mehr zu hören. Überwacht von den beiden Damen mit den Brikettfrisuren sind die Drahtkäfige und Andreaskreuze wieder aus dem Haus getragen worden. Danach kommen die Koreaner. Sie schleppen Unmengen von Stühlen in den Hausflur und stapeln sie im Aufzug. Der Sohn der Hausbesitzerin schreit durchs Treppenhaus und nennt sie Schlitzaugen. Als die Koreaner unbewegt weiter Stühle in den Aufzug laden, stellt er den Aufzug ab. Jetzt transportieren sie die Stühle in einer langen Schlange einen nach dem anderen auf ihren Köpfen nach oben. Dort, wo vorher S & M Möbel an der Haustür zu lesen war, findet sich jetzt ein koreanischer Name, in asiatischen Schriftzeichen, darunter in lateinischer Umschrift.

Unsere neuen Nachbarn gehören einer christlichen Sekte an, deren Mitglieder sich jeden Morgen in den Aufzug drängen, um zum Gottesdienst in den vierten Stock zu fahren. Oben singen sie »Großer Gott, wir loben dich«, auf Deutsch. Die Griechen in der Kapelle des Seitenhauses singen nur einmal in der Woche, sonntags. Die Koreaner singen täglich, und während sie singen, bleibt der Aufzug im vierten Stock mit offener Tür stehen. Wenn er in dieser Zeit aus dem Haus muss, wartet er anfangs. Dann ruft er. Aber die Koreaner hören ihn nicht. Weil er nicht lange stehen kann, geht er wieder zurück in die Wohnung. Dann laufe ich in die vierte Etage und schmeiße die Aufzugtür mit einem lauten Knall zu. Bin ich nicht da, steigt er langsam rückwärts die Treppe hinab, eine Hand am Geländer, in der anderen den Stock. Im Parterre trifft er auf die älteren Patienten des Orthopäden, die vergeblich den Aufzugknopf drücken und schließlich den Rollator unten abstellen, um sich wegen einer Spritze in den ersten Stock hinaufzumühen.

Zwischen den Wasserschäden treibe ich die Arbeit mit den Schriftstellerwitwen voran. Mein Visum für Reisen in die DDR ist unbegrenzt. Sooft ich möchte, kann ich jetzt ein- und ausreisen. Vor dem alten, kleinen roten Auto, das ich mir angeschafft habe, geht eine Schranke hoch, die sonst nur den Limousinen mit verhängten Vorhängen vorbehalten ist. Ich werde durchgewinkt. Niemand kontrolliert mein Gepäck, niemand will wissen, wohin ich fahre. In einem Land, das seit Jahrzehnten nur auf dem kürzesten Weg über die Transitstrecke passierbar ist, kann ich mich auf einmal frei bewegen. Ich weiß nicht, ob sie vorhatten, mich als Informantin anzuwerben, offiziell oder inoffiziell. Versucht haben sie es nie. Obwohl ich jetzt überall hinreisen könnte, folge ich nur der einen Spur nach Weimar und durch die Lebensgeschichte einer Frau, für die der Sozialismus die einzige Antwort auf die Not ihrer Zeit gewesen war.

Im Norden der Stadt habe ich eine winzige Wohnung in einem Plattenbau gemietet. Von dort fahre ich in ein Viertel in der Nähe des Flüsschens Ilm, gegenüber in den Wiesen liegt Goethes Gartenhaus. Die Gespräche mit der Witwe des Schriftstellers ziehen sich über Wochen hin. Ich weiß nicht mehr, wie oft ich zwischen Weimar und Berlin hin- und hergefahren bin. Aber etwas ist anders geworden, seit es geschehen ist. Ich habe jetzt Bilder vor Augen, gegen die ich mich nicht wehren kann. Sie steigen auf, wenn ich ihn nicht am Telefon erreiche, wenn ich in den Hausflur trete und in den Aufzug steige. Dann ist sie wieder da, die Angst vor einer Nachricht auf einem klei- nen weißen Zettel mit offiziellem Aufdruck an der Tür. Sie ist da, wenn ich aufschließe. Sie ist da, solange ich nicht die Schritte höre, die sich schwer und nur langsam nä- hern.

22 Die Angst bleibt, bis René in unserem Leben auftaucht. Er kann nichts verhindern, keinen Sturz, keine Verletzung, aber im Notfall kann er kommen. Wenn ich unterwegs bin, beruhigt es mich, dass er da sein wird mit seinen Handreichungen und Hilfestellungen. Diese kleinen Dienste halten ihn über Wasser, in einem Leben, das irgendwann einmal aus den Fugen geraten ist. Butler sei er gewesen, in der französischen Schweiz, bei einem Zeitungsverleger. Jetzt, mit siebzig Jahren, putzt er in den Eckkneipen unserer Umgebung. Er ist mittellos nach Berlin gekommen und trägt einen Doppelnamen, von dem, wie er sagt, einer, der adelige, ein Künstlername sei. Erhalten geblieben sind ihm die Fähigkeit, sich in mehreren Sprachen auszudrücken, und gewandte Umgangsformen, die er sich beim Zeitungsverleger angeeignet hatte. Er kommt im abgetragenen schwarzen Anzug und mit einer Decke für seinen kleinen Hund, der ihm nie von der Seite weicht, der seinen Schlaf bewacht und aufschreckt, wenn der Atem seines Herrn schwer wird, wenn sein Herz rast in manchen Nächten, die René in Hinterzimmern von Kneipen zwischen gestapelten Bierkisten auf dem Boden zubringt. In die Schweiz zurück, wo jedem eine Wohnung zustehe, könne er nicht. Frauen seien hinter ihm her, sagt er und kreuzt die Handgelenke übereinander. Er wird gescheitert sein, denke ich mir, bei dem Versuch, sich eine Existenz aufzubauen mit Heiratsschwindel oder Hochstapelei.

Er könne alles, sagt René, nur bücken könne er sich nicht. Im Laufschritt saugt, fegt, wischt und wienert er mit einem Staubsauger oder Mopp über alles, was er in aufrechter Haltung erreichen kann. Auf Fußleisten, in den Ecken, unter Schränken und Regalen bleibt Staub zurück, der sich bald mit dem Untergrund so fest verbindet, dass er zu einer aufgerauhten und grauen Schicht wird. Auf den für ihn zugänglichen freien Bodenflächen aber erzeugt er alle zwei Wochen ein fast unwirkliches Strahlen, das Trugbild stets frisch versiegelter Parkettböden, indem er einen flüssigen Lack aufträgt, der sich im Lauf der Jahre als dunkler werdende Schicht über das Holz legt. Als es längst zu spät ist, als alle Schritte Abdrücke hinterlassen und die Spur des Stocks lange Linien einkratzt, ist dem Boden nur noch mit Abschleifen beizukommen.

Nach ein paar Stunden, wenn sein Blendwerk vollbracht ist, verschwindet René mit seinem kleinen Hund in den undurchsichtigen Alltag einer Existenz voller Unwägbarkeiten. In seinen letzten Jahren hat er Unterschlupf bei einer älteren Rentnerin gefunden. Seitdem verfügt er über ein Telefon und eine Adresse, wo ich ihn erreichen kann. Dorthin schickt ihm die schweizerische Botschaft, trotz der in seiner Heimat drohenden Verhaftung, jedes Jahr am Nationalfeiertag einen Brief mit der Einladung zu einer Schiffsfahrt auf dem Wannsee.

Am Vormittag hole ich ihn und seine Gefährtin in ihrer Wohnung ab und bringe sie zum Anleger. Ich sehe noch, wie er ihr den Arm reicht und die Einladungskarte seiner Landesvertretung wie ein Herr aus der Tasche zieht.

23 Wenn er aus dem Fenster schaut, kann er sich kaum vorstellen, jemals wieder zu Fuß die andere Straßenseite zu erreichen. In vier Spuren rollt der Berufsverkehr unter seinem Arbeitszimmer entlang, hin und her zwischen Funkturm und Bahnhof Zoo. Bis zu dem Aufprall am späten Nachmittag liegt keine Unruhe in der Luft, wie an manchen Tagen, keine Nervosität, es gab keine kritische Situation, in der es gerade noch einmal gut gegangen war. Der fast tonlose Schlag klingt bedrohlicher als die kreischenden Geräusche, die sonst von der Kreuzung heraufdringen, wenn jemand die Vorfahrt nicht beachtet hat: Bremsenquietschen, Krachen und Klirren, Leute an den Fenstern. Dieser Aufprall aber ist dumpf. Kein Hupen. Stille. Als hätte sich die rollende Masse in Einzelpersonen aufgelöst, die ahnen, dass ein Unglück geschehen ist. Ein alter Mann liegt auf dem Rücken, den Kopf zur Seite gedreht. Er liegt auf dem Asphalt, schräg in die Kreuzung geworfen, die Füße noch dort, von wo er sich, wie später Augenzeugen berichten, an der Kante des Bürgersteigs geradezu in die Straße hineingestürzt habe. Kein Blut. Zwei, drei Meter von dem hingestreckten Körper entfernt ein Taxi. Der Fahrer ist herausgesprungen, kniet neben dem Mann, wirft die Arme in die Luft, versucht mit ihm zu sprechen, und sackt in sich zusammen. Niemand steht mehr am Fenster, alle sind zu ihrem Telefon gelaufen, um Hilfe zu holen. Auch wir, er und ich. Der serbische Zeitungshändler aus dem Kiosk im Parterre rennt über die Straße und kniet bei dem Verletzten nieder. Auch er scheint den Versuch zu machen, mit ihm zu sprechen. Der Serbe richtet sich wieder auf, stellt sich auf die Zehenspitzen und schaut die Straße entlang. Die Autoschlange stoppt, manche Fahrer machen noch einen behutsamen Bogen um den liegenden Körper, den ein unscheinbarer grauer Regenmantel oder Kittel mit Einsamkeit umhüllt. Dann hört man Polizei und Krankenwagen. Die Straße wird gesperrt. Innerhalb von Minuten bauen Sanitäter und Ärzte eine tragbare Klinik um den Mann herum auf.

Schweigend haben er und ich die Blicke von dem kleinen Balkon auf die Kreuzung gerichtet. Der alte Mann liegt immer noch auf dem Rücken, Kopf zur Seite, jetzt aber mit entblößter, von Kabeln bedeckter Brust. Vor ihm kniet ein Arzt und drückt mit voller Wucht einen unnatürlich aufgewölbten Brustkorb auf und nieder, den Blick gleichzeitig auf die Apparate gerichtet, von denen ein leiser hoher Ton zu uns herüberweht. Immer wieder schnellt die Brust des alten Mannes in einem Bogen nach oben und sinkt dann zurück. Bald kann man den sich verlangsamenden Bewegungen der Sanitäter die Vergeblichkeit der Anstrengungen ablesen. Der Arzt bearbeitet den Brustkorb ein letztes Mal mit Stößen. Dann erlöschen die Bildschirme, die Metallkisten werden mit einem harten

Klicken zugeklappt. Einer der Sanitäter breitet ein Tuch, das sich wegen der grauen Farbe kaum von dem Mantel oder Kittel des alten Mannes unterscheidet, über den jetzt leblosen Körper. Ein leichter Wind ist aufgekommen, hebt eine Ecke des Tuchs an und lässt sie auf das Gesicht des Toten niedersinken.

Der Fahrer hatte die ganze Zeit unter der geöffneten Hecklappe seines Taxis gesessen, auf der Ladefläche seines Mercedes Kombi, die Hände mit einer Gebetskette vors Gesicht geschlagen. Polizisten waren zu ihm gekommen, waren mit seinen Papieren weggegangen und zurückgekehrt, hatten mit den Passanten gesprochen, die, wie man aus ihren Gesten ablesen konnte, bezeugten, dass der alte Mann, ohne nach rechts oder links zu schauen, geradewegs in das Taxi hineingelaufen sei und dass den Fahrer keine Schuld treffe. Die Polizisten notieren Namen und Adressen der Augenzeugen, und einer von ihnen legt ihm die Hand auf die Schulter.

Schließlich sind alle weggefahren, die beiden Kranken- wagen, das Polizeiauto und auch die Passanten haben sich zerstreut. Er weiß nicht, was er dem Mann sagen könnte, der jetzt allein und noch immer versteinert unter der Heckklappe sitzt. Aber er hat den Beschluss gefasst, hinüberzugehen zu ihm, auf die andere, vom Unglück gestreifte Straßenseite. Der Verkehr rollt wieder, die Au- tos drängen im Bann der grünen Welle über die Kreu- zung. Ich stelle mich mit ausgebreiteten Armen auf die Fahrbahn, während er, vor mir und für alle sichtbar, mit

vor Angst erstarrten Beinen ansetzt, die Straße zu überqueren. Auf dem Mittelstreifen macht er eine Pause und
wartet darauf, dass die Füße aufhören zu zittern. Dann
geht er weiter, mit schleppenden Schritten, zieht die Füße
hinter sich her, watet durch den Verkehr wie durch einen Fluss. Die Fersen wollen den Boden nicht berühren.
Aber er zwingt sie dazu. Seine Last zeichnet sich am Gewicht der Schritte ab. Es lässt sich nicht überspielen. Er ist
Gehen, ganz und gar. Unbeugsam auf riskantem Grund
scheint er das Leben zu erforschen, während er geht. Er
gibt nicht auf. Es geht um seine Existenz. Er fordert etwas
heraus. Vielleicht weiß er selber nicht, was. Was auch immer es ist, ich helfe ihm nicht, ich begleite ihn, schütze
sein Wagnis. Er stellt sich seiner Langsamkeit. Er hält sie
aus. Er hält es auch aus, dass einer aus dem Autofenster
ruft, er solle doch zu Hause bleiben, wenn er nicht laufen
könne. Er hat sein eigenes Maß. Es wird für ihn zu einer
Frage des Überlebens. Sein Gehen ist kein Makel. Es hat
eine Bedeutung. Als er schließlich die andere Seite der
Straße erreicht und den Blick wieder von den Füßen und
dem Asphalt hebt, ist das Taxi längst im unaufhaltsamen
Strom Richtung Funkturm verschwunden.

24 An den Wochenenden dringen um Mitternacht neue harte Schläge von unten ins Schlafzimmer herauf. Im Rhythmus unterscheiden sie sich kaum vom Fleischhacken, aber sie kommen nicht aus der Küche. Über eine andere Wand sammeln sie sich am Kopfende unseres Bettes, dauern etwa eine halbe Stunde, werden schneller und steigern sich zu einem massenhaften Stampfen. Am Ende brechen Schreie der Begeisterung im Schankraum des Spaniers los. Zwischen zwei und drei Uhr setzen die Schläge erneut ein, für die nächste halbe Stunde.

In einer dieser Nächte werde auch ich wach, werfe mir einen Mantel über und gehe ins Lokal. Draußen unter der Markise diskutieren die Raucher lautstark die letzten Fußballergebnisse. Innen ist das Restaurant bis auf den letzten Platz gefüllt. Die, die keinen Platz mehr gefunden haben, lehnen an der Theke, die Kellner jonglieren mit Tabletts über ihren Köpfen. Durch die Fensterfront des Restaurants sehe ich, wie sich ein Tänzer mit Gitarre und vermutlich eisenbeschlagenen Schuhen zwei Stockwerke unter unserem Schlafzimmer austobt. Manchmal reißt er das gesamte Restaurant mit, dann trampeln alle. Ungefähr auf der Höhe des Fußendes unseres Bettes versetzen drei afrikanische Musiker mit ein Meter hohen Trommeln das Publikum zusätzlich in Ekstase.

Wieder macht er sich auf und spricht mit dem Wirt. Der Spanier hat eine Genehmigung für eine halbe Stunde Live-Musik. Keine Genehmigung aber hat er dafür, dass sich die halbe Stunde während der Nacht beliebig wiederholt. Er könne doch, schlägt er dem Spanier vor, den Tänzer in dem anderen Teil des langen Schankraums auftreten lassen, an einer Stelle, über der wir nicht schlafen. Der Spanier macht sich Notizen, schreibt ... »Musik andere Seite« ... auf den Bestellblock. Die afrikanischen Trommler sind inzwischen weitergezogen, aber in den Nächten trampelt es wie zuvor. Da bestellen wir den Lärmmesser ein zweites Mal.

Da es noch immer keine Ausnahmegenehmigung für Nachtstunden gibt, versucht der städtische Lärmmesser wieder das, was sich zwischen Mitternacht und Morgengrauen beim Spanier abspielt, am Spätnachmittag zu inszenieren. Er hat seinen Sohn mitgebracht. Der Zufall will es, dass der Sohn des Lärmmessers nach der Schule, wenn andere Jungen Fußball spielen, Flamenco tanzt. Vielleicht ist er sechzehn oder siebzehn Jahre alt. Für den Auftritt im Schankraum des Spaniers hat er sich eine schwarze Hose und ein weißes Hemd angezogen. Er rückt Tische und Stühle beseite und zieht seine eisenbeschlagenen Schuhe an. Dann schreit sein Vater, der Lärmmesser, »Los!« durchs Funkgerät, und der Sohn beginnt zu tanzen. In der offenen Küchentür steht der Koch und schaut ihm zu. Von außen durch die Scheiben sehe ich, wie der Junge ohne

Gitarrenbegleitung, ohne die rhythmische Untermalung der Trommeln und ohne die Anfeuerung der Gäste, ganz für sich allein, erst langsam, dann immer schneller versucht, mit seiner an den schulfreien Nachmittagen erlernten Kunst bis zu unserem Schlafzimmer durchzudringen, wo sie als Lärmbelästigung von seinem Vater im Messgerät festgehalten werden soll. Als der Sohn eine Pause macht, donnert der Vater »lauter« durchs Funkgerät. Noch einmal holt der Junge alles aus sich heraus, von den Hacken auf die Spitzen, dann mit beiden zugleich, bis er erschöpft auf einem Stuhl niedersinkt. Aber er hat es nicht geschafft. Wieder ist die Nadel auf dem Messgerät kurz vor dem Ziel stehen geblieben. Wieder gibt der Lärmmesser auf. Nächtlicher Lärm, sagt er, muss nachts gemessen werden. Dann packt er seine Sachen ein und geht.

Ein unauffälliger Zettel hängt jetzt unter der Markise des Spaniers: Die Gäste werden gebeten, abends leise zu sein. Aber sie werden nicht leise, auch nicht in der Nacht. Sie lehnen draußen an einem runden Stehtisch. Geöffnet ist bis zum Morgengrauen. Sie sind lebensfroh, besonders an den Wochenenden, auf der Terrasse. Ihre Lebensfreude vervielfältigt sich bei jedem neu eintreffenden und bei jedem sich verabschiedenden Gast, sie verlängert sich bei den letzten Zurufen über die Straße, bis alle in ihr Auto oder in ein Taxi gestiegen sind. Manchmal ruft er unten beim Spanier an, oder ich schütte Wasser auf die Markise, das niemanden trifft, aber Ruhe schafft, wenn es mit Wucht auf dem Markisendach aufschlägt. Aber auch das habe ich inzwischen aufgegeben seit jener Nacht, in der das Geschrei von unten unerträglich wurde.

In dieser Nacht schütte ich ein einziges Mal, in einem Augenblick ohnmächtiger Wut, einen ganzen Eimer mit Schwung aus dem Fenster über die Markise hinaus. Für einen Moment unheilvolle Stille. Dann wieder Geschrei. Sturmklingeln an der Haustür. Schläge an der Tür. Jetzt sind sie da, die Betrunkenen, die Schläger, muskulös und tätowiert, denke ich. Sie sind oben vor der Wohnung. Ich öffne den Hinterausgang für den Fall, dass sie die Tür einschlagen. Das Treppenhaus ohne Licht, eine Wendeltreppe, auf der er fallen wird. Keine Taschenlampe griffbereit. Er weiß, dass er keine Chance hat, und versucht erst gar nicht, vom Bett aufzustehen. Wieder Schläge an der Tür. Leise gehe ich nach vorne. Die Kette liegt vor, das Stangenschloss ist verriegelt. Erst als ich durch den Spion drei Polizisten vor mir stehen sehe, mache ich auf. Einer von ihnen in durchnässter Uniform. Dann schaue ich aus dem Fenster. Mehrere Männer lehnen mit Handschellen an der gegenüberliegenden Hauswand. Das Wasser war mitten in einen Polizeieinsatz geflogen.

25 Am Anfang sind es ein paar Stunden in der Woche, dann werden es Tage, zwei oder drei. Es dauert fast ein Jahr, bis er wieder täglich in das große Büro in Kreuzberg geht wie früher. Die Koreaner haben schon gesungen, wenn er morgens die Wohnung verlässt. Er hat ein Schild mit dem elften Gebot im vierten Stock angebracht: »Du sollst die Aufzugstür schließen!« Aber die Koreaner lassen die Tür trotzdem offen stehen. Wieder ruft er laut durch die Stockwerke. Aber die Koreaner hören ihn auch dann nicht, wenn sie nicht singen. So steigt er wieder vorsichtig und sehr langsam, den Stock in der einen Hand, die andere am Geländer, rückwärts die Treppe hinunter.

Vom Eckfenster aus kann ich ihn auf das Auto zuge-hen sehen, das jetzt auf einem weiß umrandeten Platz mit einem aufgemalten Rollstuhl steht. Daneben, am Rand des Bürgersteigs, ein hoher Mast und ein Schild, dessen Nummer mit der Nummer übereinstimmt, die auf einem blauen Ausweis mit Rollstuhl hinter der Windschutz-scheibe zu lesen ist. Dazu die Kürzel »a« und »G« für au-ßergewöhnliche Gehbehinderung. Hundert Prozent. Er nimmt den Ausweis aus dem Fenster, bevor er losfährt. Er ist nicht der, als der er auf dem amtlichen Papier definiert wird. Er wird es nie sein. Er ist einer, der schlecht laufen kann, im Auto viel Platz für die Beine braucht und ein automatisches Getriebe. In den weichen Sitzen des großen Renault, den er jetzt fährt, hängt noch der Geruch, den der Hund des Vorbesitzers hinterlassen hat. Er fährt schneller als je zuvor, schlängelt sich durch, überholt, wechselt eilig von einer Spur in die andere. Mit dem Auto holt er sich sein Tempo zurück und seine Wendigkeit.

In den beiden weitläufigen Büroetagen in Kreuzberg, in die er zurückkehrt, wird an Plänen zum Erhalt von alten Wohnvierteln gearbeitet. Die Stadtteile, um die es geht, kann er nicht mehr durchstreifen, nicht mehr zu Fuß, nicht mehr auf dem Fahrrad. Mit einer Ausstellung über das Konzept der behutsamen Stadterneuerung war er nach Israel gereist. Dann war er verunglückt. Jetzt taucht er als ein anderer wieder auf. Er zieht sich am Geländer über die hohen Stufen des alten Fabrikgebäudes drei Treppen nach oben. Am Stock bewegt er sich zwischen den Glaswänden, die die einzelnen Arbeitsräume voneinander trennen, und ist für alle nahezu gleichzeitig sichtbar. Vielleicht haben sie den Atem angehalten, als er zum ersten Mal auf die Wendeltreppe zuging, die in die obere Etage führt. Später wird er auf der obersten Stufe fallen, als der Stock sich in einem gusseisernen Ornament des letzten Auftritts verhakt. Unter den entsetzten Blicken der anderen wird er die Treppe hinabrollen und unten mit ihrer Hilfe wieder auf die Beine kommen. Fallen wird er auch auf der Straße, wenn er mit der Fußspitze an einem Pflasterstein, an einer unebenen Trottoirplatte hängen bleibt. Fallen wird er in dem winzigen Laden an unserer Straße, Jahre später. Vor der Tür ein Tischchen mit verstaubten goldenen Glastellern, vor denen kaum ein Passant stehen bleibt. Hinter der Glasscheibe nicken rosa Plastikkatzen unentwegt mit den Köpfen. Irgend-etwas wird hier abgewickelt, was sich dem Einblick der Vorbeieilenden entzieht. Als seine Stöcke im Halbdunkel des Ladens ausgleiten, segelt er auf dem frisch gewischten Linoleum gegen eine Theke, die sich unter seinem Auf-prall in den Ladenhintergrund verschiebt. Das chinesi-sche Paar hilft ihm lächelnd hoch und verkauft ihm eine kleine, aus federleichten Pelzstückchen gewebte Mütze. Er bringt sie mir für den Winter mit nach oben. Fallen wird er in der Nacht, wenn er aufsteht, oder im Bad auf nassem Fliesenboden. Wenn er sich dabei verletzt, sind es meist kleine Wunden, die schnell heilen. Nur einmal ist es ein Bänderriss am Fuß, der so fest eingegipst wird, dass er gar nicht mehr laufen kann. Als er auch nicht mehr schla-fen kann, weil der Verband so schmerzt, wird er nachts in die Werkstatt gehen und sich den Gips mit einer Säge vom Bein schaffen. Aber er wird wieder fallen. Und er wird wieder aufstehen. Meistens muss er um Hilfe bitten, manchmal, wenn er sich irgendwo festhalten und hoch-ziehen kann, gelingt es ihm aus eigener Kraft. Er lernt zu fallen. Ein Mann, der fällt.

Jetzt aber erobert er sich mit erhöhter Aufmerksamkeit seinen Arbeitsort zurück. Er tut es im Wissen darum, dass er nicht verbergen kann, was geschehen ist. Es wird nie mehr so sein wie zuvor. Dem Wort »eigentlich«, das die Vergangenheit in die Welt hinüberzieht, in der er sich von nun an bewegt, stellt er das Wort »normalerweise« zur Seite. Dann folgt der Konjunktiv. Mit der Möglichkeitsform überblendet er das, was jetzt ist, mit dem, was einmal war. Das Normale ist das, was war. Das gibt ihm die Richtung vor. Was nicht mehr ist, was er nicht mehr kann, benennt er nicht. Er tut das, was er auch vorher getan hat, nur macht er es anders. Wie, das kann er nicht voraussehen. Ob es geht, wird sich zeigen, wenn er es tut. Sein Weg ist kein Rückweg. Was hinter ihm liegt, ist für ihn nicht mehr erreichbar. Er, der leichtfüßig durchs Leben gehen wollte, hinterlässt jetzt Spuren, Schmerzspuren. Im Schnee zwei Füße und daneben der Stock. Auf dem Parkett Schleifspuren. Er hat jetzt einen Auftritt. Man hört ihn, wenn er geht. Es ist ein Vorwärtsgehen, bei dem er jeden Schritt neu durchdenken muss. Und er muss hinschauen, wohin er tritt. Wenn er nicht ausweichen kann, bleibt er stehen und hält stand.

In der ersten Zeit trägt er, wenn er weggeht, eine Aktentasche in der linken Hand. Später hängt er sie sich an einem Gurt über die Schulter und schiebt sie nach hinten, auf den Rücken. Vorsichtig streckt er an der Bordsteinkante einen Fuß vor, sucht Halt am Stock, macht einen großen Schritt auf die Straße, geht um das Auto herum, legt Stock und Tasche kurz auf dem Dach ab, wenn er die Tür aufschließt, und verschwindet in die Welt seiner Arbeit, von der ich wenig weiß. Was ich mir vorstellen kann, ist das, was ich sehe, was er mir zeigt. Trostlose Hinterhöfe, die sich in Gärten verwandeln. Dächer, auf denen Gras wächst. Wohnblocks mit Außentoilette, in die Bäder eingebaut werden, ohne dass sich die Miete erhöht. Balkone und Wintergärten, wo es vorher nur winzige Fenster gab. Spielplätze und Parks, wo Ödnis und Verkommenheit herrschte. Eine Parkhausruine, die zum Kindergarten wird. Wenn Delegationen von Stadtplanern und Architekten aus anderen Ländern kommen, erklärt er ihnen, was »behutsame Stadterneuerung« bedeutet. Keine Abrisssanierung, sondern Herrichtung, Instandsetzung für die Menschen, die in den Häusern leben. Am Anfang leiht er sich für Exkursionen durch die erneuerten Wohnviertel einen Rollstuhl. Aber bald wird es ihm zur Qual zu sitzen, wenn alle anderen stehen, und die Erschütterungen auf dem Pflaster und an den Bordsteinkanten verursachen ihm Schwindel. Dann hält er sich so lange auf den Beinen, bis er nicht mehr kann.

26 Manchmal lockern sich die Beine beim Gehen, dann wieder sind sie vor Anstrengung zum Zerreißen angespannt. Alles bäumt sich auf gegen den nächsten Schritt, den übernächsten. Die Beine toben ihr Eigenleben mit unkontrollierter Energie aus. In den ersten Jahren versucht er es viermal mit Schwimmen. Er stellt sich vor, dass die Muskulatur im Wasser weich und geschmeidig wird, dass das Wasser in seinem Körper zum Fließen bringt, was der Sturz im Rückenmark gestaucht hat. Das erste Mal ist es ein Schweben. Mit Schwimmkörpern an Händen und Füßen treibt er schwerelos und schmerzfrei durch ein warmes Becken mit Meersalz. Wieder auf dem Boden, sind die Beine sich gegenseitig im Weg.

Vielleicht denkt er beim zweiten Versuch noch an das Schweben auf dem Wasser oder er hat für Augenblicke vergessen, was geschehen ist. Der See scheint am Rand flach. Noch hält er sich am Steg fest. Dann lässt er sich fallen, wie früher. Aber der Körper tut nicht, was er früher getan hat. Er schwimmt nicht einfach los. Schwimmbewegungen macht er nur mit den Armen. Aber Arme und Beine kommen nicht zueinander, finden keinen Gleichklang, alles verwirrt sich, verstrickt sich. Es sind nur Sekunden, als er in Panik gerät, glaubt, den Boden unter den Füßen zu verlieren, zu ertrinken, und sich gerade noch am Steg festhalten kann. Es dauert lange, bis er es noch einmal wagt.

Im Schwimmbad einer Freundin kann er stehen. Das Wasser reicht ihm bis zur Brust. Das gibt ihm Sicherheit. Aber es ist ein trügerisches Gefühl. Diesmal schiebt er eine Schlange aus Schaumstoff vor sich her, die ihn über Wasser hält. Dann stößt er sich ab. Mit Schlagbewegungen versucht er die Beine zu überlisten, auf und nieder, wie er es kennt. Aber die Beine lassen sich nicht täuschen. Sie machen, was sie wollen. Sie haben Angst. Was in ihm vorgeht, sagen seine Beine. Sie erstarren vor Schreck. Er hat keine Macht über sie und verliert die Balance.

Als er ein letztes Mal versucht, sich dem Wasser anzuvertrauen, erlebt er, wonach er sich gesehnt hat in den ersten Stunden nach dem Fall, eingeschlossen in seinen bewegungslosen Körper: umhüllt zu sein von flachen Wellen, sanftem Hin und Her. Fast wären wir an der Bucht vorbeigefahren. Eigentlich sah sie beim kurzen Hinsehen eher wie ein sandiger Rastplatz aus, am Rand einer abgelegenen Straße, wenn nicht am Ende zwischen zwei Felsen ein schmaler Streifen Meer hindurchgeschimmert hätte. Wir sind ganz allein, kein Mensch weit und breit, kein Auto fährt die Straße entlang. Er zieht sich aus. Nackt geht er mit dem Stock bis an den flachen Rand des Meeres. Keine Kieselsteine, nur weißer weicher Sand. Die Wellen niedrig, bedächtig, regelmäßig. Sie nähern sich dem Ufer, schwappen an Land, laufen aus, drängen zurück ins Meer, kommen und gehen in ruhiger, vorhersehbarer Folge, immer gleich, auf und ab. Er geht mit dem Stock bis ins Wasser und bleibt stehen. Als die Wellen den Sand unter seinen Füßen wegspülen, beginnt er zu schwanken, dreht sich mit einer Wurfbewegung um, und während der Stock am Strand landet, lässt er sich fallen.

Ich sitze am Rand und halte Wache. Die Wellen schwappen über meine Füße. Das Meer hat ihn genommen, trägt ihn ein, zwei Meter hinaus, spielt mit seinem Körper wie mit einem Ball, rollt ihn zurück ans Ufer, holt ihn wieder, hin und her. Unter ihm ist immer noch weicher Boden und kein Abgrund. Er taucht ein, taucht unter ohne Angst, bis er berauscht vom Meer und den Wellen am Strand liegen bleibt und einschläft.

Wir waren in der Gewissheit weitergefahren, dass wir irgendwo an der Küste wieder auf eine Bucht stoßen würden, zum Meer hin schmaler werdend, mit feinem, flachen Sandstrand, behütet von zwei Felsen und unbeachtet von den Menschen. Aber wir haben sie nicht noch einmal gefunden. Immer stimmte etwas nicht. Entweder hatte das Meer kleine spitze Kiesel an den Sand geschwemmt, auf denen er nicht barfuß ins Wasser gehen konnte, oder Autos rasten vorbei, und er kam nicht über die Straße, oder die Wellen waren zu heftig. Und je mehr wir danach suchten, umso unwirklicher erschien es uns, dass es eine solche Bucht jemals gegeben hatte.

27 Noch ist die Mauer nicht gefallen, und die Kirche von Sacrow liegt unerreichbar an der Havel. Manchmal scheint sich das kleine Bauwerk, eingefasst von einem ovalen Säulengang, vom Ufer zu lösen und wie ein Mississippidampfer am Schilf vorbeizugleiten, sein in den Wellen schlingerndes Spiegelbild im Schlepptau. In der Zeit, als wir noch gemeinsam den ganzen Uferweg entlanggehen konnten, sind wir mit schwingenden Armen oder aneinandergeschmiegt gelaufen. Jetzt hakt er sich bei mir ein, in der rechten Hand den Stock, und wir gehen nur so weit, bis wir von der ersten Bank aus auf die Kirche schauen können. Es ist ein heißer, schwüler Sommertag. Auch vom Wasser steigt keine Linderung auf. Nur die blauen Kacheln über dem Säulengang werfen einen kühlen Schimmer auf die kleine Kirche. Unwirklich liegt sie am anderen Ufer. Eigentlich scheint sie nirgendwo hinzugehören. Nicht zum Osten, nicht zum Westen. Dicht hinter ihr verläuft aus schmutzig grauen Betonstücken die Mauer.

Er und ich hatten eine Weile auf der Bank gesessen. Das abnehmende und weicher werdende Licht hatte den blauen Schimmer der Kacheln verstärkt. Ich weiß nicht mehr, worüber wir gesprochen haben, möglicherweise über den uns stets beschäftigenden Gedanken, wie man auf die andere Seite gelangen könnte, als plötzlich vom Wasser dunkle, tanzende Wolken aufsteigen. Wir hatten sie nicht kommen hören. In Schwaden sind sie auf einmal da, lautlose Boten aus der Unterwelt, winzige Lebewesen. Es müssen Millionen sein. Sie ziehen Schlieren durch die Luft. In dunklen Bögen tanzen sie vor unseren Augen, lassen sich nieder auf unseren Köpfen, auf dem Gesicht, auf den Armen. Sie stechen nicht. Sie nehmen uns den Atem. Wir sprechen nicht mehr, weil wir fürchten, dass sie uns in den Mund fliegen. Wir versuchen zu fliehen, wie vor einem Überfall. Ich möchte rennen, aber ich bremse meine Schritte, während er die Beine zur Eile zwingen will und doch nicht vorankommt. Wir gehen schweigend nebeneinander durch lebendes Gewölk, wie wir es noch nie gesehen haben. Der Himmel flirrt. Manche Wolken sieht man deutlich über der eisernen Brücke schweben, die nach Potsdam führt. Andere taumeln in die Gegenrichtung, zur Pfaueninsel. Als wir endlich das Auto erreicht haben und durch ein langes Waldstück Richtung Stadt fahren, hat sich bereits ereignet, was am nächsten Tag die Zeitungsspalten füllt. Nachträglich meint man die schwarzen Wolken als Vorboten deuten zu können.

In einer kleinen Straße, die kurz vorm Wannsee links abbiegt, stehen Ambulanzen und Polizeiwagen. Menschen kommen aus ihren Gärten gerannt, wild durcheinander redend. Manche haben ihre Kinder dabei. Sie schauen sich nervös um. Mit den Kindern sind sie auf die Straße gelaufen, als sie die Krankenwagen und die Martinshörner hörten. Entsetzen in den Augen, suchen sie die Straße ab, spähen in die Ferne, legen den Arm um ein kleines Mädchen, einen kleinen Jungen und ziehen sie an sich. Können es nicht fassen. Ein Amokläufer ist in ihr Leben eingebrochen. Keiner weiß, wo er sich in diesem Augenblick befindet. Er könnte überall sein, in den Büschen, im Wald, zwischen den Häusern in einem Schuppen versteckt. Meine Hand legt sich auf den Knopf für die Zentralverriegelung neben dem Sitz, nachdem er mit erstarrenden Beinen vom Tanken zum Auto zurückgekehrt ist.

Der Amokläufer ist vierundzwanzig Jahre alt. In den Nachrichten wird es heißen, er habe seinem Bruder mit einer Gabel ins Gesicht gestochen, während die Familie beim Abendessen saß. Dann habe er zum Messer gegriffen, sich auf seine Mutter gestürzt, dann auf seine Großmutter. Schwer verletzt brechen die beiden Frauen zusammen. Eine Nachbarin hört die Schreie und eilt an die Wohnungstür. Er sticht auch auf sie ein. Die Nachbarin versucht zu fliehen und verblutet auf dem Bürgersteig. Auch einer anderen Nachbarin sticht er in den Leib. Auf der Straße sticht er auf einen Radfahrer ein. Als ein junges Paar in einem Citroën die Straße entlangkommt und der Fahrer bremst, stürzt sich der Amokläufer mit dem Messer durch das offene Dach auf ihn. Dann wirft er das Messer weg und rennt. Er rennt den Heuweg zur Havel hinunter, reißt sich die Kleider vom Leib und springt ins Wasser. Ein Segelboot nimmt ihn mit auf die Pfaueninsel. Die Segler glauben, er sei aus einer Anstalt geflohen, und alarmieren die Polizei, die den nackten Mann festnimmt.

Emotionslos, heißt es, schildert er, was geschehen ist. Er sagt nicht, was er »getan« hat. Der Amokläufer sagt »was geschehen ist«, als hätte es sich außerhalb seiner selbst abgespielt.

Tage nach der Tat scheint es kein Leben mehr in den Häusern zu geben. Überall zugezogene Vorhänge, als wir langsam die Straße entlanggehen. Totenstille. Nur am Ende, dort, wo die Straße auf ein Stück namenlosen Weges stößt, in einer alten Villa, von deren Fassade der Putz abbröckelt, sind alle Fenster und Türen geöffnet, Kinderstimmen dringen heraus. Ein Pferd spaziert durch den Garten, kommt zu uns an den Zaun, zieht die Oberlippe ein wenig hoch, rupft hier und da ein paar Gräser aus und holt sich dann ein Bündel Heu aus der Garage.

28 Wenn die Mauersegler morgens durch den Fensterausschnitt jagen, folgt er ihnen mit den Augen. Bereits der
Anblick des Fliegens, sagt er, lässt ihn für Augenblicke Gewichte abwerfen. Die Schwerelosigkeit der Vögel nimmt
ihm die eigene Last. Noch beim Aufstehen, manchmal
auch noch bei den ersten Schritten, so scheint es ihm
dann, spürt er die Luft unter den Flügeln. Danach aber
ist das Gewicht wieder da. Gnadenlos hält es ihn am Boden fest und fordert in jedem Augenblick des Tages, sich
ihm entgegenzustemmen. Manchmal suche ich Zuflucht
in seinem Gesicht, das von der Mühsal seines Gehens unberührt geblieben ist. Die Wörter »sofort«, »gleich« und
»schnell« bemessen den Abstand zwischen ihm und mir.
Ich würde sie gerne aus meiner Sprache verbannen, aber
es will mir nicht gelingen. Mein liebstes Bild ist, wenn er
mir entgegenkommt. Aber ich kann nicht in seine Arme
laufen. Er würde mich nicht auffangen können.

  An die Stelle dessen, was nicht mehr ist, rückt die Erinnerung. Wir haben aufgehört, Entfernungen zu messen.
Abends gehen wir manchmal um den Block. Still, ohne
zu sprechen, sind seine Augen auf den Fußweg gerichtet.
Unsere Schritte passen sich einander an. Leise zähle ich,

eins-zwei, eins-zwei, gebe den Rhythmus vor, der ihn für eine kurze Spanne trägt, bis zum Friseur, bis wir auf der Höhe seines Ladens kurz vor der Apotheke angelangt sind und durch die breiten Scheiben ins Innere auf die Stelle blicken, wo man ihn gefunden hat.

Früher war dort eine Buchhandlung gewesen, danach, als alle Welt über Aids sprach, ein Fachgeschäft für Präservative. Kondome in allen Farben und Formen, mit Gesichtern, Hörnern und gezackten Kronen waren, aufgeblasen wie Luftballons, im Schaufenster ausgestellt. Eines Tages eröffnete der Friseursalon. Im Vorbeigehen hatte ich flüchtig die Frauen mit dem Blick gestreift, die dort von den Händen eines jungen Türken verschönert, zurechtgestutzt und gefärbt wurden.

Was es über den Tod des Friseurs zu sagen gab, wusste der Serbe aus dem Kiosk und die Apothekerin, die es von der Putzfrau gehört hat. Wie jeden Tag war die Putzfrau morgens früh vor der Öffnung des Ladens gekommen, um die Spiegel und die Konsolen zu polieren, die Waschbecken zu reinigen und den Boden von den feinen Haaren zu säubern, die nach jedem Schneiden zwar zusammengefegt wurden, deren Reste aber dennoch am Boden haften blieben. Den Blick hatte sie auf das Schlüsselloch gerichtet. Erst als sie den Schlüssel umgedreht hatte, so erzählt sie es der Apothekerin, habe sie durch die Glastür geschaut und die dunklen Umrisse eines Körpers über der mittleren Konsole wahrgenommen. Dann war sie zur Apothekerin gerannt. Als die Polizei kam, hatte der Schlüssel noch im Schloss gesteckt und die Ladentür einen Spalt weit offen gestanden. Niemandem, der an diesem Morgen an dem langen Schaufenster vorbei zur U-Bahn oder zum Bus eilte, war der Tote aufgefallen, der von der Decke herab vor der Spiegelwand hing. Die Leiter, auf der der Friseur hochgestiegen war, um den Strick an einem Haken in der Decke zu befestigen und ihn sich dann um den Hals zu legen, war über die Reihe der Frisierstühle gefallen und zu Boden geglitten.

Es sind Gerüchte, die im Zeitungskiosk des Serben verhandelt, angezweifelt und dann zu Tatsachen verarbeitet werden. Doch der Serbe ist sich sicher. Der Friseur sei ein Spieler gewesen. Er habe Schulden gemacht. Der Serbe, der sich auskennt, geht sogar noch weiter. Der Friseur, sagt er, habe sich nicht freiwillig umgebracht. Sie seien hinter ihm her gewesen. Er sagt es, weil er hört und von seinem Laden aus überblickt, was sich um ihn herum abspielt. Er weiß, wer nachts auf dem Spielplatz um die Ecke mit Drogen handelt, wer in den Restaurants an der Kreuzung verkehrt und wer im Club neben dem Kiosk ein und aus geht.

29 Die Grenze öffnet sich im November. Nachts, vor dem Fernseher, wollen wir es nicht glauben. Am nächsten Morgen ist es wahr. Fünfhunderttausend Ostberliner strömen durch die Stadt. Menschen, die sich die Augen reiben, ungläubig. Am Übergang Heinrich-Heine-Straße stehe ich allein in der dicht gedrängten Menge. Er würde sich nicht halten können im Gedränge, im Aufruhr der Gefühle. Alle weinen, ich auch. Bald hört man von überallher das helle Klopfen kleiner Hämmer am Beton der Mauer. Wir können uns nicht vorstellen, wie es weitergehen wird. Niemand kann es.

Es ist eiskalt, als das erste Betonstück aus der Mauer an der Schlesischen Straße gebrochen wird. Wir fahren zur Lohmühleninsel. Zwei Volkspolizisten schauen über die Betonwand herüber. Hinter ihnen ein Kran, der in der nächsten Stunde ein Stück von der Mauer hochheben und beiseitestellen wird. Über uns der Vollmond. Wir sind ganz allein unterwegs in der Nacht vor seinem Geburtstag. Während wir ein letztes Mal nebeneinander an der Grenze zwischen Ost und West entlanglaufen, sagt er, er gehe wie durch tiefsten Schnee. Oft habe er nachts

Träume, dass seine Beine nur blockiert seien und dass er ihre Langsamkeit und Schwere durch Rennen oder durch Fahrradfahren überlisten könne. Manchmal, wenn er dann aufwache, sagt er, spüre er einen warmen Wind im Gesicht und den Duft nach Heu. Nur einmal und nur für einen ganz kurzen Moment scheint dieser Traum Wirklichkeit zu werden, als er auf eine für wenige Tage in der Stadt weilende Therapeutin trifft, die er seitdem eine Zauberin nennt. Danach kommt er auf mich zu, als wäre der Spuk verflogen, die Uhr zurückgedreht, als sei alles nur ein Albtraum gewesen, als gehe er, wie er immer gegangen war. Es dauert einige wenige Minuten. Dann fällt er zurück in das Gefängnis seines Körpers.

Dieser Augenblick aber wird in meinem Gedächtnis haften, unversehens aufscheinen, ein fliehendes Bild, etwas, das er als Vorstellung, als Möglichkeit, vielleicht auch als Versprechen in sich trägt. Immer wieder werde ich durch seinen schweren, mühsamen Gang hindurch die leichten, geschmeidigen Schritte von früher erkennen, als wären sie nicht für immer untergegangen, sondern nur eine Weile verborgen. Irgendwann wird er die Therapien meiden, die ihm angetragen werden, weil sie ein Spiel mit der Hoffnung treiben, das er nicht jedes Mal verlieren will. Stets aber, wenn wir in einem Straßencafé sitzen oder an einer Strandpromenade, schaut er Männern nach, die vorübergehen. Würde er, stellt er sich dann vor, wenn er den Stock und vielleicht auch nur die täglichen Schmerzen loswerden könnte, mit dem Mann tauschen wollen, der gerade vorbeischlurft mit steifem Schultergürtel und ruckartig nach außen gestellten Füßen? Oder mit dem dort, der breitbeinig und dumpf in seine Schritte stolpert, achtlos und ohne jede Eleganz? Schwer fällt ihm die Wahl, wenn einer kommt, der ihn daran erinnert, wie er selber einmal gelaufen ist. Dann stellt er sich den unheimlichen Mann mit dem Klumpfuß im altfränkischen grautaftenen Rock vor, der ihm bei einer nächtlichen Begegnung an einer Wegbiegung oder auf einem Waldweg den leichten und schmerzlosen Gang von früher anbieten und nichts anderes dafür verlangen würde als seinen Schatten. Aber auch da würde er sich, sagt er, gegen den Handel entscheiden. So wie es jetzt ist, sind es seine Schritte. Es ist sein Gang. Er hat ihn sich erarbeitet. Er schlendert nicht. Es ist ein bewusstes Voranschreiten, ohne Blick nach rechts oder links. Er hält sich auf den Beinen und durchmisst, Gewichte an den Füßen und vorgebeugt, einen ihm unendlich scheinenden Raum. Ein Mann, der geht.

Auf widersinnige Weise, sagt er, sei das, was geschehen ist maßgeschneidert für ihn. Einmal, als er bereits so geschickt mit dem Computer umgehen kann, dass er in der Lage ist, Fotos zu verändern, entfernt er den Stock aus seiner Hand. Er steht freihändig. Eine Hand in der Hosentasche, am Strand vor einem alten Grand Hotel. Scheinbar steht er wie früher. Aber seine Haltung stimmt nicht. Etwas fehlt. Der Stock hat Spuren in seinem Körper hinterlassen. Er steht wie einer, der, nachdem er fotografiert wurde, gerne weitergehen würde, aber aus unerkennbaren Gründen nicht dazu in der Lage ist.

Im Frühling tut er etwas, worauf er sich innerlich lange vorbereitet hat, um es nicht als Rückschritt zu empfinden.

Er nimmt einen zweiten Stock zu Hilfe und macht sich auf den Weg in unbekanntes Terrain. Um Berlin herum zieht sich menschenleeres Gelände. Verlassene Kasernen der Grenzsoldaten. Aufgebrochene Türen, zerschlagene Fensterscheiben. Graffiti in den Fluren. Im Brachland liegt herum, was von einer solchen Grenze übrig bleibt. Geöffnete Büchsen, in denen einmal Dosenfleisch war. Blechlöffel, Blechkisten, vielleicht für Munition. Verbeulte Aluminiumfressnäpfe, lange Drähte, an denen noch Ketten mit Halterungen befestigt sind für die Schäferhunde bei ihrem unruhigen Hin und Her im Todesstreifen. Und doch ist es dieses Wegstück, das keiner von uns je betreten hat, dieser unbehauste Streifen um Berlin herum, auf dem er an zwei Stöcken eine scheinbare Kapitulation in einen Neubeginn verwandelt. Ich laufe frei neben ihm, entfernter als vorher, nicht mehr an ihn geschmiegt, aber auch ohne ihn stützen zu müssen. Er hält sich nicht mehr an meinem Arm fest. Wenn wir uns jetzt berühren wollen, bleiben wir beide stehen. Von nun an gibt es immer einen Abstand zwischen uns, den die beiden Stöcke markieren. Und doch laufen wir zum ersten Mal, seit es geschehen ist, wieder im gleichen Rhythmus nebeneinander her. Seite an Seite schaffen wir eine Strecke von ein bis eineinhalb Kilometern durch die Senke am Grenzzaun entlang, wo es ganz still ist. Kein Mensch weit und breit. Nur die Spatzen lärmen in den jungen Birken.

30 In seinem Kreuzberger Büro richten sie jetzt den Blick nach Osten. Bei den heruntergekommenen Altbauwohnungen, überall, wo es nötig ist, packen sie sofort an. Sie laden Baumaterial auf Transporter, Dachpappe, Dämmplatten und fahren gleich ein paar Straßen weiter durch den offenen Übergang nach drüben. Anfangs fühlt er sich ausgeschlossen, weil er nicht mit auf Baustellen gehen, nicht mit Hand anlegen kann und manche Orte und Plätze für ihn unbegehbar sind. Dann aber macht er sich mit dem Auto auf den Weg in die Städte, knüpft Kontakte und bereitet den Boden für neue Vorhaben. Wenn er abends zurückkommt, stehen jetzt neben den altbekannten Automarken auch Wartburgs und Trabbis auf seinem Parkplatz. Auf einer Baustelle finde ich einen schweren Eisenständer, den ich nachts mithilfe eines Freundes ins Auto lade. Zusätzlich zu den beiden bereits vorhandenen Schildern, schraube ich ein drittes blaues Rollstuhlzeichen und ein Abschleppschild an den Eisenständer, befestige ihn an einer Kette und stelle ihn an das Stirnende des Parkplatzes, sodass man direkt darauf zufährt. Im Morgengrauen, wenn der Spanier die Stühle zusammenräumt, dringt jetzt von einer bis zur S-Bahn-

Brücke reichenden Warteschlange das Gemurmel osteu-
ropäischer Sprachen herauf. Sobald sich die Türen des
gegenüberliegenden Supermarkts öffnen, werden riesige
Pakete in Plastik geschweißter Flaschen mit Eistee, Fanta
und Cola in die geöffneten Kofferräume der Ladas oder
Škodas geladen.

Alles wird anders. Unser Haus ist verkauft, die Mie-
ten steigen. Die Inhaberin des kleinen Ladens direkt
neben der Eingangstür, der noch vor kurzem mit Mode
für Vollschlanke dekoriert war, rollt die Kleiderständer
hinaus und weint. Die Miete hatte sich verdoppelt, der
neue Hausbesitzer ist unnachgiebig geblieben. Seitdem
ist der Laden bis oben hin angefüllt mit Zehnerpackun-
gen braunen Paketbands und mit Videokartons. Rot-blau
karierte Plastiktaschen gleiten auf Kofferrollern vorbei,
um irgendwo von wartenden Bussen aufgenommen zu
werden und die Videoanlagen in osteuropäische Weiten
zu transportieren. Der serbische Kioskbetreiber weiß von
einer toten Katze zu berichten, die ein Kunde in einem
Videokarton vor dem Kiosk abgestellt hatte, um sich noch
schnell ein Bier zu kaufen und das Tier dann in seinem
Laubengrundstück zu begraben. Als der Kunde mit dem
Bier aus dem Kiosk wieder herausgekommen sei, sagt der
Serbe, sei der Videokarton mit der Katze verschwunden
gewesen. Er und der Kunde hätten gerade noch sehen können, wie er zu den anderen Pappkisten in das Gepäckfach
eines Busses mit polnischem Nummernschild geschoben
wurde. Dann sei die Klappe geschlossen worden, und der
Bus habe sich in Bewegung gesetzt.

Die Koreaner haben jetzt auch noch Tische in einer langen Schlange in den vierten Stock getragen und betreiben nach den Gottesdiensten eine Suppenküche. Im Treppenhaus mischt sich der Geruch aus dem spanischen Restaurant mit dem Duft asiatischer Gewürze. Der Sohn der Hausbesitzerin zieht aus. Die Griechen singen nicht mehr am Sonntag. Der einsame Esser im Haus gegenüber sitzt zum ersten Mal nicht mehr allein am Tisch. Bis tief in die Nacht hat er Besuch und spricht, untermalt von heftigen Handbewegungen, mit zwei Männern, die den leeren Hintergrund füllen, in den er sonst beim Essen hineinstarrt. Vier Stockwerke höher stehen drei kleine afrikanische Mädchen morgens auf dem Balkon. Sie warten darauf, dass ihre Haare gebürstet werden. Von der Kleinsten ragt zuerst nur der wilde Haarschopf über die Balkonbrüstung. Die Mutter bürstet lange und hingebungsvoll und beginnt zwei kleine steife Zöpfchen zu flechten, die vom Kopf abstehen. Dann nimmt sie die Haare aus der Bürste, und in dem winzigen dunklen Schatten, der vor der hellen Hauswand weht, meine ich ein schwarzes Haarbüschel zu erkennen, das wie ein Ball aus Steppengras abwärts taumelt und an den Ästen der Eiche hängen bleibt.

Auch der Taxifahrer, unser Nachbar, kann die Miete nicht mehr bezahlen und zieht aus. Seine Untermieterin hat bereits eine neue Wohnung gefunden. An dem Tag, als sie die letzten Habseligkeiten zusammenräumt, bin ich in einer Ausstellung gewesen. Die Bilder, die dort hängen, sind Fotos aus der Vergangenheit, einer Zeit der inneren und äußeren Revolte, die auch die meine gewesen ist, vor

Jahrzehnten. Aber nicht der Aufbruch der Studentenbewegung ist zu sehen, sondern der Niedergang, das Ende, das Sterben. Da liegt der Mann, mit dem ich in dieser Zeit gelebt habe, erschossen auf einem Parkplatz. Nahe bei ihm der Polizist, den er getötet hat. Die Bilder sind Geschichte geworden. Einer hat sie gesammelt, Jahr für Jahr. Aneinandergereiht ergeben sie eine Spur des Todes, von dem wir gestreift wurden, mitten im Leben, schuldig und unschuldig.

Als ich nach Hause komme und die Treppe hochsteige, überreicht mir der Taxifahrer eine Tüte mit Büchern, die die Untermieterin zurückgelassen hat. Ich bin mir nicht sicher, ob er weiß, was sich darin befindet. Aber aus einem jener Zufälle, die es eigentlich gar nicht gibt, beschäftigen sich alle Bücher mit dem, was ich gerade gesehen habe. Sie beschreiben die Taten und die Täter in ihrem Versuch, der Staatsgewalt mit Gegengewalt zu entgegnen. Sie berichten von ihren Plänen, ihren Motiven, ihren Kontakten, ihren Unterstützern und auch von der Rolle der Polizei in dem zugespitzten Konflikt zwischen den Generationen, der als außerparlamentarische Opposition begann und unterging, als Waffen ins Spiel kamen. Sie analysieren persönliches und politisches Scheitern und staatliche Übergriffe. In allen Büchern kleben Zettel. Stellen sind angestrichen und mit Randbemerkungen, Fragezeichen und Querverweisen versehen. Während sie sich von einem Mann in eine Frau verwandelte, hat meine Nachbarin, ohne dass ich in unseren Gesprächen irgendetwas davon bemerkt hätte, in ihrem Zimmer zur Straße meine Vergangenheit erforscht. Unerkannt war sie zur Expertin geworden. Ihr erarbeitetes Wissen hat sie in einer Tüte zurückgelassen. Ich weiß nicht, wer sie als Mann gewesen ist und wie ihr Leben als Frau weiterging. Die Bücher aber besitze ich immer noch, mit ihren Hinweisen und Anstreichungen, in einer kleinen, feinen Schrift. Möglicherweise hat sie nach einer Erklärung für die Taten gesucht und nach den Motiven derer, die sie begangen haben. Vielleicht aber auch nur nach einem Zusammenhang.

31 Wieder ist Sommer. Längst sind die Musiker mit den lang gezogenen Tönen von »Bésame mucho« auf die Terrasse des spanischen Restaurants zurückgekehrt. Die Linden duften in die offenen Fenster herein, und die Eiche verhüllt die Hässlichkeit des Hauses gegenüber. Ich habe Geburtstag, das erste große Fest unseres gemeinsamen Lebens. Am Morgen ruft René an. Er möchte wissen, in welchem »tenue« ich erscheine, in welchem Kleid, ob kurz oder lang. Er ist erleichtert, dass ich kein Abendkleid, sondern mein altes schwarzes Samtkleid anziehen werde. Dann brauche er seinen Smoking nicht aus der Reinigung zu holen, sagt er, und es genüge, wenn er die »large ceinture«, wie er sich ausdrückt, anlegen würde, diese schwarze breite Schärpe, die vermutlich als einziges Stück von seiner ehemaligen Arbeitskleidung beim Zeitungsverleger übrig geblieben ist. An diesem Abend entfaltet René all seine in der Fremde brachliegenden Begabungen als Diener, der er einmal war. Die Schärpe über der schwarzen Hose und in weißem Hemd, balanciert er ein eigens für ihn angeschafftes, rundes Edelstahltablett durch eine dichte Menge von Menschen, die mich in den verschiedenen Phasen meines Lebens begleitet haben. Sie kommen aus meiner Kindheit und Jugend, manche sind einstige Weggefährten, mit ein paar hinter Gittern abgesessenen Jahren, älter gewordene Anarchisten, die womöglich zum ersten Mal in ihrem Leben einen großen, von einer Floristin mit transparenter, abstehender Folie und Schleife kunstvoll umhüllten Blumenstrauß vor sich hertragen. Sie heben sich äußerlich nicht von denen ab, die, ohne eingeladen zu sein, der Musik durchs Treppenhaus folgen, weil sie auf Wein und Büffet hoffen. Mit untrüglichem Instinkt aber unterscheidet René die Eingeladenen von denen, die er die Hergelaufenen nennt. Streng geleitet er die Hergelaufenen die Treppe hinunter und verweist sie zurück auf die Straße. Dann wendet er sich wieder dem Öffnen der Weinflaschen zu, nicht ohne jedes Mal einen Probeschluck genommen zu haben. Nach Mitternacht fordern ihm seine immer heftiger schwankenden Schritte eine artistische Geschicklichkeit ab, die nur von dem Butler des stets zu Silvester ausgestrahlten Streifens *Dinner for One* übertroffen wird.

Als alle tanzten, haben auch wir es versucht. Er hat seine Stöcke in die Ecke gestellt, sich an eine Wand gelehnt, mich an sich gezogen und den Arm um mich gelegt. Ganz eng haben wir uns aneinandergehalten und hin- und hergewiegt, vorsichtig, um nicht zu fallen. Manchmal hat er für Sekunden mit freien Armen gestanden, und ich habe um ihn herum getanzt. Das, was für uns beide an jenem Sommerabend des 27. Juli abhandengekommen ist, berühren wir nicht mit Worten. Es gibt keinen Ersatz. Es lässt sich durch nichts eintauschen. Miteinander tanzen ist etwas, das für immer verloren ist.

Dieses Fest, das bis zum Morgengrauen dauert, ist der letzte große Auftritt von René gewesen. Ich habe nie erfahren, woher er wirklich kam und wohin er schließlich verschwand. Als er eines Tages zur verabredeten Zeit nicht erschien und niemand ans Telefon ging, als er auch in der folgenden Woche nicht auftauchte und in der Wohnung seiner Gefährtin niemand öffnete, machte ich mich auf die Suche. Ich ging in die dunklen, verräucherten Eckkneipen rund um die Wilmersdorfer Straße, wo er manchmal aushalf und wo alte Menschen schon vormittags bei Bier und Schnaps der Wirtin, während sie Gläser spült und Bierlachen vom Tresen wischt, aus einem Leben erzählen, das einmal anders war und längst hinter ihnen liegt. Aber er ist nicht dort, wo er sich sonst mit den kleinen, am Kopf mit einer Bierreklame verzierten Rechnungsblöcken versorgt hatte, um mir französische oder italienische Botschaften über zu ersetzendes Putzmittel oder Staubsaugertüten zu hinterlassen. Manchmal waren es auch Notizen über Besuche oder Anrufe gewesen, die er mit dem Satz »Madame ist ausgegangen« beantwortete. Die Namen, die er bis zur Unkenntlichkeit verändert auf den Zetteln notiert hatte, konnte ich meist erst dann entschlüsseln, wenn ich sie so lange laut vor mich hin sagte, bis hinter der Nachricht, Frau Tier habe angerufen, eine Freundin aufstieg, die Pia heißt. Oft aber hatte er die Personen zusätzlich mit einem Titel verschönt, und ich habe nie herausgefunden, wer sich hinter Herrn von Billy verbarg. Manche seiner Namensschöpfungen schienen der literarischen Welt Joseph Roths entlehnt und hinterließen die Vorstellung, es sei Jolanth Szatmary aus der Kapuzinergruft gewesen, die vorbeigekommen war, oder ein Herr Zwonimir.

Ich weiß nicht mehr, wie viele Jahre vergangen waren, als ich an einer Haltestelle unweit seiner letzten Unterkunft in einen Bus steige und auf dem Sitz hinter mir der Name René fällt. Eine alte Frau fragt eine andere, ob sie etwas von ihm gehört habe. Nein, sagt die andere, schon lange nicht mehr.

32 Wir gehen wieder ins Kino. Eine Matineevorstellung. An den Marathonlauf, der sich seit Stunden durch die Stadt bewegt und am Kurfürstendamm auf der Höhe des Kinos endet, haben wir nicht gedacht. In einer der Seitenstraßen, die den Kurfürstendamm kreuzen, finden wir einen Parkplatz. Das Kino liegt auf der gegenüberliegenden Seite, kurz vor der Ziellinie. Keuchende Läufer in verschwitzten Trikots ziehen an uns vorbei. Manche scheinen am Ende ihrer Kräfte zu sein. Einen Augenblick bleiben wir stehen. Jeder Tag, sagt er, sei für ihn ein Marathonlauf. Dann setzt er zum Schritt an, geht los, die letzten Läufer kommen von rechts. Langsam und mit Beinen, die sich nicht strecken lassen, zwingt er seine Füße, die sich weigern abzurollen, über die Straße. Er geht quer durch. Niemand stoppt ihn. Die letzten Läufer sind zu erschöpft, um ihn im Endspurt zu überrennen. Sie wollen nur noch ankommen. Fast ist er drüben angelangt, da macht er eine Bewegung mit den Stöcken nach links, Richtung Ziel, nur ein paar Schritte. Ich sehe, wie er zögert, wie es ihn lockt, sich vollends nach links umzudrehen und einfach durch die Linie zu gehen, vor den Letzten, aber nicht als Letzter. Dann aber geht er weiter geradeaus auf das Kino zu.

Wenn ich heute versuche, mir den Film einer kanadischen Regisseurin ins Gedächtnis zu rufen, scheint er nur aus einer einzigen Szene zu bestehen, die aber in keiner der ausführlichen Inhaltsangaben im Netz Erwähnung findet. Hätte ich mir damals nicht eine Notiz im Tagebuch gemacht, wäre ich nicht sicher, ob ich das, woran ich mich erinnere, wirklich gesehen habe. Eine junge Frau arbeitet an einem Bild, das an Größe alles übertrifft, was sie bisher geschaffen hat. Wie die alten Kirchenmaler steht sie auf einem Gerüst. Dann fällt sie. Bewegungslos bleibt sie auf dem Boden liegen. Neben mir im dunklen Kino wendet er den Blick von der Leinwand ab. Das Atelier ist nahezu weiß ausgeleuchtet. Ich warte, dass die Malerin wieder aufsteht. Aber sie steht nicht auf. Das Licht fällt von der Kinoleinwand auf seinen hellen Trenchcoat. Sein ganzer Körper, dicht an dem meinen, zieht sich zusammen. Lange hält er den Kopf gesenkt, lange die Augen geschlossen. Erst als die Szene vorüber ist, schaut er wieder hin.

Am Samstag sind wir wieder auf dem Markt. Bevor es geschehen ist, haben wir immer das Fahrrad genommen. Jetzt kommen wir mit dem Auto an der Stelle in der Winterfeldtstraße vorbei, wo ich in jenem Sommer die Strassbrosche verloren hatte. Jedesmal wenn wir dort vorbeikommen, wird er sich an diese Stelle erinnern, aber er wird nicht »früher« sagen. Er sagt: »Hier habe ich deine Brosche gefunden.« Und er wird auch nicht sagen, dass es in jenem heißen Sommer das letzte Mal gewesen ist, dass wir diesen Weg gemeinsam mit dem Fahrrad gefahren sind. Erst zu Hause war mir damals die leere Stelle an meinem Kleid aufgefallen. Sofort hatte er sich wieder auf den Weg gemacht und die Straße abgesucht. Autos waren inzwischen über die Brosche gefahren, hatten sie in den von der Hitze weichen Asphalt gedrückt, und ein kleiner Riss zieht sich seither über den schwarzen eingelegten Stein.

Als wir an diesem Samstag mit dem Auto zum Markt kommen, hat sich eine Gruppe Menschen in einigem Abstand um einen Mann und eine Frau versammelt. Beide sind angetrunken. Der Mann stößt sie, die vielleicht seine Frau ist, mit leichten, aber gezielten Schlägen von sich weg. Sie torkelt ein paar Schritte zurück, dann versucht sie den Mann am Arm zu fassen. Sie scheint etwas von ihm zu wollen, was er nicht hat oder ihr nicht geben will, und kann sich kaum auf den Beinen halten. Auch der Mann schwankt, als er auf sie zugeht und sie mit der geballten Faust an der Schulter trifft. Die Frau gerät ins Taumeln, stürzt fast. Die Menschen schauen zu. Vielleicht geben sie insgeheim dem Mann recht, abgestoßen von der schreienden, verwahrlost aussehenden Frau. Einen Moment lang stehen auch wir, er und ich, am Rand und beobachten, was geschieht. Dann löst er sich von meiner Seite, durchbricht den Kreis und geht langsam auf den Mann zu. Er hat sich nicht überlegt, was er tun, was er sagen wird. Sein Gang ist unsicher und doch entschlossen. Er geht wie auf eine Bühne oder einen Kampfplatz zu, allein, nur ein paar Schritte. Die Herumstehenden sind ein wenig zurückgewichen. Dann schaut er dem Mann ins Gesicht, als ob er sagen wollte: »Komm doch, wenn du was willst, komm doch …« Ganz kurz hebt er den Stock in seiner Rechten. Der Mann, in drohender Haltung, nähert sich. Sie stehen sich gegenüber. Die Umstehenden geraten in Bewegung, ein Raunen, als ob sie sich bereitmachten, einzugreifen. Mit einem leichten Fußstritt gegen die Stöcke, das sehen alle, könnte der Mann ihn zu Fall bringen. Aber im letzten Moment schreckt der Betrunkene zurück und wendet sich ab, auch von der Frau.

33 Wir waren uns dreimal begegnet. Ich sei mit dem Rad an ihm vorbeigefahren, sagt er. Aber ich hatte ihn nicht bemerkt. Dann waren wir bei einer politischen Versammlung über einen spanischen Anarchisten ins Gespräch gekommen, dessen Name in der ersten Zeit nach Francos Tod in aller Munde war. Das dritte Mal brachte er mich zum Zug. Als wir uns auf dem Bahnsteig verabschiedeten, gab es einen Augenblick, in dem wir beide am liebsten in der Umarmung des anderen geblieben wären. Einige Monate später stand er vor meiner Tür. Wir saßen in meiner Werkstatt und haben über den Faltenwurf gesprochen. Meine Textilarbeiten lagen vor ihm ausgebreitet auf dem Holzfußboden. Er hatte sie hin und her geschoben, hatte sie an einer Stelle zusammengerafft, sodass sie sich um sich selbst drehten, hatte sie an einer Ecke hochgehoben und so fallen lassen, wie es sich ergab. Er hatte mit ihnen gespielt. Was auch immer er mit den Decken tat, aus jeder absichtslosen Bewegung war ein Faltenwurf entstanden. Sie verwandelten sich. Sie nahmen eine Gestalt an, ein Reptil, ein Wasserfall, ein Feld, auf dem die langen Stoffbahnen Furchen bildeten. So, wie er sie sah, hat er sie fotografiert, von der obersten

Stufe einer Leiter aus, wenn sie unter ihm zusammenge-
rollt lagen, oder in einer Ausstellung, wo ich sie, zwischen
klassischen, an den Wänden hängenden, amerikanischen
Quilts auf den Boden in einen Sandhaufen gelegt hatte.
Manchmal stellten wir uns vor, eine Decke auf einem öffentlichen Platz unter Glas einzumauern, wo sie in der
Tiefe zu sehen wäre, wie ein abgelegtes Gewand oder eine
Reliquie, auf die es regnen und schneien und Laub fallen
würde im Herbst.

In einer Düne in Heiligensee legt er sich jetzt zum Fotografieren auf den Bauch. Die Decke liegt wie eine Landschaft im Sand, über die Wolken hinwegfegen. Ein ander-
mal sitzt er nachts im Auto und macht Bilder, auf denen
seidige Stoffe, angestrahlt von den Scheinwerfern, aus
der Dunkelheit heraufleuchten, wie vergessene Bündel
am Straßenrand. Das Foto im Park von Sanssouci hätte
das ungewöhnlichste seiner Bilder werden können. Wir
hatten das Belvedere am Ende des Parks, wo der Wald beginnt, schon von weitem gesehen. Über einen verbotenen
Weg fuhren wir dicht heran. Der kleine Aussichtstempel
erweist sich als Ruine hinter einem Maschendrahtzaun,
mitten in einem unzugänglichen Gelände, die rostige
Wendeltreppe ragt wie ein Gerippe heraus. Er hängt sich
die Kameratasche um und steigt mühsam durchs dichte
Gestrüpp, bleibt mit den Stöcken hängen, stolpert, droht
zu fallen, fällt aber nicht. Ich trage Säcke mit verschiedenen Decken den verbotenen Weg entlang. Wir finden
eine Öffnung im Zaun, daneben aufgeschichtet Gerüst-
stangen und Bretter. Das Foto müssen wir heute machen,

sofort. Morgen, hören wir, wird das Belvedere für zwei Jahre eingerüstet.

Ein junges Paar hockt auf dem Boden des Tempels. Er ist mit Transparentpapier ausgelegt. Sie bemerken uns kaum, so vertieft sind sie, jeden Riss im zerbrochenen Marmorboden mit einem weichen Bleistift durch das Papier nachzuzeichnen und herumliegende Teilchen zuzuordnen. An den Stellen, wo der ursprüngliche Boden nicht mal mehr in Bruchstücken vorhanden ist, kann man auf ihrer Zeichnung große leere Flecken sehen, als wären sie bei einer Forschungsreise auf unbekanntes Land gestoßen. Der Aussichtstempel war das letzte im Park von Sanssouci errichtete Bauwerk. Von dort hatte man einen Blick bis nach Potsdam. Wegen der Flugabwehrkanone, die auf die Kuppel montiert worden war, wurde das Belvedere in den letzten Tagen des Zweiten Weltkriegs bombardiert und brannte innerhalb weniger Minuten aus.

Das Paar ist aus dem Donaudelta angereist, um den Spuren der Zerstörung auf dem Marmorboden nachzugehen, sie zu sichern und sie dann, wie sie sagen, in eine Form zu überführen, die die Risse nicht gänzlich verschwinden lässt. Mit einer Decke im Arm, die sich farblich in die Ockertöne des Mauerwerks einpasst, steige ich vorsichtig über ihre Arbeit hinweg auf die Wendeltreppe und mache einen gefährlich großen Schritt zu dem halb zerfallenen Säulengang hinüber, der den Tempel umgibt. Dort hänge ich sie wie zum Lüften über eine Balustrade. Die beiden Restauratoren haben ihre Arbeit unterbrochen und sich hinter ihn gestellt, sodass er sich beim Fotografieren gegen sie lehnen kann wie an eine Wand. Das Foto in dem fragilen, verletzten kleinen Tempel hätte nicht nur das kühnste, sondern auch das schönste Bild werden können, das er je von meinen Arbeiten gemacht hat, wäre nicht die Sonne gewesen, die unverwandt auf die einzig mögliche Stelle prallte, von der aus ein Überstieg von der Wendeltreppe auf die brüchigen Reste des Säulengangs überhaupt möglich war. Es ist das Architekturfoto einer Ruine geworden. Die rostrote Wendeltreppe wirft ihren Schatten über eine abbröckelnde, von Reliefs geschmückte Wand. Mit unwirklichem Blau umrahmt der wolkenlose Himmel das offene, zerstörte Rund. Die glänzenden Stoffe jedoch reflektieren so stark im Sonnenlicht, dass von der Oberfläche nur eine Ahnung bleibt.

Noch einmal hätte er ein Foto machen können, für das es keine zweite Chance gab. Aber er war nicht da, als der Anruf kam. Die Kurzmeldung im *Tagesspiegel* über einen Wohnungsbrand am Viktoria-Luise-Platz lag schon einige Tage zurück. Ich kannte eine Frau, die in dem betroffenen Haus lebte und seit fünfzehn Jahren an ihrer Doktorarbeit schrieb. Ich hatte eine Decke für sie genäht. Danach waren wir uns für lange Zeit nicht mehr über den Weg gelaufen, bis zu jenem Moment, als das Telefon klingelte. Nicht die Doktorarbeit war verbrannt, es ist die Decke, die Schaden genommen hat.

Vom Balkon aus sehe ich sie kommen. Sie hält mitten auf der Kreuzung und zerrt eine große Tasche aus ihrem alten VW. Als ich ihren Namen rufe, blickt sie hoch und lässt die Tasche auf die Fahrbahn fallen. Autos hupen, während sie sich daran macht, ein zweieinhalb auf drei Meter großes Stoffgebilde über der Kreuzung auszubreiten und ruckartig an den vier Ecken gerade zu ziehen. Einige Fahrer zeigen ihr den Mittelfinger. Ein Auto hält, eine Frau steigt aus und schaut sich an, was da liegt, mitten im Berufsverkehr. Vielleicht eine Kunstaktion.

Aus dem zweiten Stock wirkt die ursprünglich helle Decke mit ihren aus der Entfernung nicht im Einzelnen unterscheidbaren Teilchen wie ein undefinierbares Gewebe aus verstaubtem Rosa und Perlmutt oder auch wie ein alter, ausgebleichter Gobelin. Ein Polizeiauto kommt. Ich reiße mich von dem Anblick los und gehe runter auf die Straße. Die Stoffe sind mit Rußflocken übersät, auch die Hände der Frau sind rußig. Ihre grauen klebrigen Finger haben ein geheimnisvolles Muster wie von Vogelfüßen hinterlassen.

Als er das Fotografieren aufgibt, weil er nicht schnell genug ist und sich nicht mehr freihändig mit der Kamera bewegen kann, hat er das Bild, das sich als erstes hätte anbieten können, nicht gemacht. Immer waren wir draußen unterwegs und haben die vielen Decken, die in den letzten Jahren entstanden waren, dort hingelegt, wo sie eigentlich nicht hingehörten. Unter den ungezählten, in Kästen gesammelten Dias befindet sich kein einziges, das die Decke auf dem Bett zeigt, in dem wir beide schlafen.

34 Bevor er abends nach Hause kommt, ruft er an. Dann schaue ich in Abständen aus dem Fenster. Manchmal ist das Auto, das eben noch auf dem Parkplatz stand, bereits wieder weggefahren. Oft aber steht es noch da, oder der Mann, den die Leute den Schreiner nennen, hält den Platz besetzt. Der Schreiner fährt keinen Kleintransporter wie andere Handwerker. Er kommt in Lederjacke und Cowboystiefeln, schiebt den Eisenständer mit dem Schild beiseite, um seinen die gesamte Länge des Behindertenparkplatzes einnehmenden Mercedes 450 SE Coupé zu parken, bleibt eine Stunde oder zwei, um, wie es heißt, seinen Geschäften nachzugehen. Der Schreiner hat den siebten Sinn und spürt, wann es Zeit wird, zurückzukehren, das Schild wieder an seinen Platz zu stellen und zu verschwinden. Wenn doch einmal beide, der eine beim Wegfahren, der andere beim Ankommen aufeinanderstoßen, winkt der Schreiner jovial, ruft »Bin schon weg, Kumpel!«, rangiert sein Luxusgefährt zurück und stellt das Schild wieder an seinen alten Platz.

Ich hatte den Nachmittag bei einer sehr alten Freundin zugebracht, die nach Berlin gekommen war, um ihrer im

Koma liegenden Tochter nah zu sein. Als es keine Hoffnung mehr gab, hatte sie verfügt, die Geräte abzuschalten. Sie hielt die Hand ihres einzigen Kindes, das sie auf der Flucht vor den Nazis geboren hatte. Dieses Leben war zu Ende gegangen. Ohne Trost saßen wir in der Wohnung der Tochter viele Stunden beieinander. Die unwiderrufliche Abwesenheit breitete sich über jedes Buch, über jeden Gegenstand. Alles, was sie einmal berührt hatte, schien tot. Selbst durch die offen stehende Balkontür kam die Leere und legte sich über die noch blühenden Hortensien.

Am Abend war ich in der Hoffnung nach Hause gegangen, sein Auto auf dem Parkplatz vorzufinden und meine Gedanken an meine zarte, alte Freundin mit ihm teilen zu können. Aber sein Auto steht nicht dort. Es ist schwül und immer noch sehr warm. Ein Gewitter war angekündigt, aber es kommt nicht. Ich setze mich auf den kleinen, in die Kreuzung hinausragenden Balkon. Im Neubau gegenüber hocken die Menschen in ihren Wohnungen zwischen den Ästen der Eiche wie in einem Baumhaus. Der einsame Esser scheint verreist zu sein. Die beiden Stühle stehen unberührt an derselben Stelle wie immer. Auf dem Tisch Bücher und eine verwelkte Blume im Glas. In der Wohnung darüber, wo sonst ein Paar im Bademantel auf dem Sofa Karten spielt, tut sich heute nichts. Das Licht brennt, aber niemand betritt den Raum. Vom Thai-Restaurant unter mir weht der süßliche Duft von Räucherstäbchen herauf. Von der anderen Straßenseite starrt ein ausgemergelter alter Mann unverwandt herüber, auf die kleinen Schalen mit Reis und Gemüse, die der Wirt als Opfergaben für die Ahnen neben den Eingang gestellt hat. Ich warte, dass sich der Himmel öffnet, schaue hin und wieder auf die Kreuzung und auf den Parkplatz.

Wieder steht das Auto des Schreiners auf dem Platz. Beim Spanier herrscht Hochbetrieb. Vielleicht ist es ein spontaner Entschluss, der unseren Nachbarn antreibt, möglicherweise aber auch ein lang gehegter Plan, der an diesem Abend, kurz vor dem Wolkenbruch zur Ausführung gelangt. Vom Balkon aus sehe ich, wie er plötzlich von seinem Tisch auf der Restaurantterrasse aufspringt, das vom Schreiner beiseitegestellte Schild mit dem Rollstuhlzeichen hochhebt und den schweren Eisenfuß mit einem Knall auf der Kühlerhaube des Mercedes Coupé absetzt. In diesem Augenblick biegt der Schreiner in Cowboystiefeln und Lederjacke um die Ecke. Der Nachbar geht zu seinem Bier zurück und wartet, was passiert. Ich bin nicht sicher, ob es ein sozialer Impuls war, etwas wie Mitgefühl, oder ob das silbrig blaue protzige Auto auf dem Behindertenplatz einfach seinen Ordnungssinn verletzt hatte. Vor Gericht wird er später sagen, er habe das Schild lediglich wieder an den Platz zurückgestellt, an den es gehört.

Der Schreiner steht wie angewurzelt vor seinem Wagen, auf dessen Motorhaube eine windschiefe Skulptur mit rostigem Fuß und blauem Rollstuhlzeichen sich in stummer Anklage weit über das Autodach hinausreckt. Jemand hat sich an seinem Coupé vergangen, den Wagen geschändet. Bei den ersten Regentropfen löst er sich aus seiner Erstarrung und stürzt sich auf den ruhig beim Bier sitzenden Nachbarn: »Bei dem stimmt doch was nicht! Den bring ich um!« Die Zuschauer des Tumults spalten sich auf in die, die ihm zustimmen, und in die anderen, die die Tat des Nachbarn zwar als übertrieben empfinden, aber begierig an dem Ereignis teilhaben wollen. Ohne Zögern hätte der Schreiner den Nachbarn zusammengeschlagen, wäre nicht im letzten Moment der Wolkenbruch mit Blitz und Donner niedergegangen und hätte sich nicht ein Mann, ohne Hemd, nur in einer kurzen, seitlich bis fast an die Taille geschlitzten Turnhose, der sich als Polizist ausgab, dazwischengeworfen. Vor Gericht wird der Nachbar ihn später als »angeblichen Polizisten in Unterhose« bezeichnen und sich zusätzlich zur Sachbeschädigung um ein Haar noch eine Beamtenbeleidigung einhandeln. Das sei es ihm wert gewesen, sagt er, als er dazu verurteilt wird, die Motorhaube und den rechten Kotflügel des Mercedes 450 SE neu lackieren zu lassen.

Den Parkplatz wird der Schreiner fortan meiden. Wenn er aber über die Kreuzung fährt und unsere Blicke sich zufällig treffen, winkt er mir aus dem silbrig blauen Coupé grinsend zu.

35 Meistens beanspruchen die Gäste des Spaniers den Platz für sich. Sie stellen dort ihre Jeeps ab und unterbrechen das Essen unwillig, wenn ein Kellner oder ich von Tisch zu Tisch gehen und fragen, ob sie das Auto wegfahren könnten. Ich esse gerade, sagen sie. Andere fühlen sich schuldig. So etwas hätten sie noch nie gemacht. Ihr Vater, Großvater oder ein anderes Familienmitglied sei auch behindert. Ein Angetrunkener ist untröstlich, als er begreift, wen er daran gehindert hat, nach einem langen Arbeitstag nach Hause zu gehen, und möchte ihn und mich zum Essen einladen. Einer, der sich als Arzt vorstellt, schämt sich, auf einem Behindertenparkplatz ertappt zu werden. Manche schauen weg und steigen stumm in ihr Auto, fahren es auf den gegenüberliegenden Bürgersteig und stellen es auf der Baumscheibe der alten Eiche ab. Andere lachen freundlich, und man vergibt ihnen sogleich. Eine schwangere Frau erklärt sich ebenfalls als behindert. Ein Mann, dessen Kampfhund unter dem Tisch hockt, widmet sich einer Paella. Als ich ihn auf den roten Sportwagen anspreche, der auf dem Parkplatz steht, spitzt der Kampfhund die Ohren. Der Mann zuckt die Achseln. »Na und«, sagt er und isst weiter. Andere stehen verwundert vor den gro-

ßen Schildern mit dem Rollstuhlzeichen, die sie, schwö-
ren sie, noch nie gesehen haben. Eine Zeit lang schreibe
ich die Ausreden auf und sammle sie. Dann kapituliere
ich. Die meisten Ausreden fangen mit »Ich dachte« oder
»Ich wollte« an. Ich dachte, das Schild gälte nur tagsüber.
Ich dachte, Sie wären verreist. Ich wollte nur schnell … Bis
einer etwas sagt, was noch niemand gesagt hat.

An diesem Tag war er sehr lange im Büro geblieben. Das
grüne Auto hatte schon bei Einbruch der Dunkelheit auf
dem Parkplatz gestanden und ihn in ganzer Länge einge-
nommen. Vom Fenster aus kann ich den silbrig glänzenden Jaguar erkennen, der vorne von der Kühlerhaube zu
springen scheint. Als er den Parkplatz wie so oft besetzt
vorfindet, stellt er sein Auto dicht hinter dem Jaguar ab.
Es ragt zur Hälfte über die Straßenecke hinaus. Ein- oder
zweimal tippt er leicht auf die Hupe. Dann wartet er. Von
oben sehe ich einen spanischen Kellner hin und her laufen. Der Kellner fragt diesen und jenen auf der Terrasse,
schüttelt den Kopf und geht wieder hinein. Der grüne Jaguar gehört keinem der Gäste. Noch ein paar Minuten
bleibt er am Steuer sitzen und wartet. Dann steigt er aus,
lehnt sich ans Auto, schaut noch einmal in alle Richtungen, hält sich an der Tür fest und bückt sich, um sein Telefon aus dem Auto zu holen und die Polizei anzurufen.
In diesem Augenblick ist er da, der junge Mann mit dem
schwarzgegelten Haar, das sich im Nacken rollt. Hinter
ihm Frauen in langen bunten Röcken und Kinder, fast
lautlos kommen sie herbeigeeilt. Zuerst stehen sie stumm
auf dem Bürgersteig, ein wenig entfernt. Sie können nicht

alle mit dem Jaguar gekommen sein. Dann nähern sie sich dem Bordstein und umringen schützend den grünen Wagen. Er versucht, sich dem Mann verständlich zu machen. Der aber steht neben dem Jaguar und hat einzig den Millimeterabstand zwischen den Stoßstangen der beiden Autos im Auge und schweigt.

Von oben sehe ich, wie erschöpft er ist, wie schwer ihm jeder Schritt fällt. Ein Mensch, der nicht mehr kann, nur noch nach Hause will. Immer wieder deutet er auf die Schilder mit dem Rollstuhlzeichen, auf seine Stöcke, auf das Schild in seinem Auto. Als ich nach unten komme, fällt das Wort »Polizei«. Da gibt der junge Mann einen einzigen Laut von sich. Wie ein Zischen fährt es aus ihm heraus: »Nazi!«

Innerhalb von Minuten ist ein Polizist da. Die Frauen und Kinder drängen sich jetzt noch enger an den Jaguar heran. Zwischen den beiden Männern, dem Beleidiger und dem Beleidigten, der sich kaum noch auf den Beinen hält, geht der Polizist hin und her. »Der Herr verlangt«, sagt der Polizist, »dass Sie die Beleidigung zurücknehmen.« Der junge Mann schaut zu Boden und schweigt. Der Polizist kommt zurück. »Er sagt nichts«, sagt er. »Wenn er das Wort Nazi nicht zurücknimmt«, sagt der Beleidigte, »zeige ich ihn an.« Der Polizist macht ein paar Schritte und überbringt die Botschaft. Die Frauen um den Jaguar herum raunen einander etwas zu. Der Polizist redet auf den jungen Mann ein. Dann kommt ein Nicken, kaum erkennbar. Jetzt machen sie Schritte aufeinander zu. Auf Armeslänge bleiben beide stehen. Der eine stößt etwas durch die Zähne, was vielleicht eine Entschuldigung bedeuten könnte. Der Beleidigte nimmt seine Stöcke für einen Moment in die linke Hand und streckt ihm die rechte entgegen. Fast hätten die Gäste auf der Terrasse des spanischen Restaurants, von denen einige ihr Essen haben stehen lassen, um näher am Geschehen zu sein, in diesem Augenblick applaudiert. Aber sie lassen ihre bereits erhobenen Arme wieder sinken, als der junge Mann die Hand, die sich ihm entgegenstreckt, nur mit den Fingerspitzen berührt. Er schaut niemanden an, auch nicht seine eigenen Leute. Mit abgewandtem Blick steigt er in den Jaguar.

Während der ganzen Zeit hatte ein kindlicher Rapper mit Kopfhörern drüben neben der Videothek an der Hauswand gestanden. Unberührt von dem, was sich um ihn herum abspielt, bleibt er zu einer Musik, die nur er hören kann, mit mechanisch abgehackten Bewegungen in einen stummen Tanz versunken. Auf dem Gesicht ein starres Lächeln, das niemandem gilt.

36 Seit gegenüber ein China-Restaurant mit einer zwei Meter langen Speisekarte und dreihundertfünfzig Gerichten eröffnet hat, sind es immer öfter Autos mit dem Kürzel CD, die abends den Parkplatz besetzt halten. Meist sind es teure Kleinbusse mit abgedunkelten Scheiben. Wenn ich die Chinesen bitte, das Corps Diplomatique möge sein Auto wegfahren, schütteln sie den Kopf. »Beamtenauto«, sagen sie, »Beamtenauto kein Problem« und drehen das runde Tablett auf ihrem Tisch weiter, von der Qualle mit den tausendjährigen Eiern zum Tintenfisch und geschmorten Spitzbeinen.

Seit sich die Chinesen an unserer Kreuzung niedergelassen haben, kann er zu Silvester nicht mehr aus dem Haus gehen. Wenn wir bei Freunden feiern wollen, müssen wir über Nacht bleiben. Obwohl es nicht ihr Jahreswechsel ist, betreiben die Chinesen in der Silvesternacht eine Art Bürgerkrieg. Sie nehmen das Eckhaus unter Beschuss. Vor ihrem Restaurant stellen sie dreibeinige Gestelle auf, wie man sie von Maschinengewehren kennt. Dann montieren sie Abschussgeräte auf die Dreibeine, schieben breite Bänder mit Platzpatronen hinein und richten sie auf die andere Straßenseite. Bald ist die ganze

Kreuzung vernebelt im lang anhaltenden, ohrenbetäubenden Schnellfeuer. Zwischendrin jagen Heuler durch die Luft, vor denen es selbst auf der kurzen Strecke von der Haustür zum Parkplatz kein Entrinnen gibt. Einmal war eine chinesische Rakete auf unserem Balkon gelandet. Das Geschoss hatte zuerst eine auf einem Tisch liegende Plane und dann den Holztisch in Brand gesetzt.

Ich weiß nicht, ob wir über Silvester wieder auf die Insel gefahren wären, wenn das chinesische Restaurant nicht aufgemacht hätte. Als wir zum ersten Mal dort waren, sind wir noch zusammen über all die schmalen, steinigen Pfade gegangen, die er jetzt nur noch mit den Augen erreichen kann. Wir müssen über die Hochebenen gewandert und in die terrassenförmigen Täler hinabgestiegen sein, ich bin sicher, dass wir über den von Geröll bedeckten Strand ins Meer gelaufen und geschwommen sind. Aber ich erinnere mich nicht daran. Es kann doch nicht sein, dass wir nichts anderes getan haben, als auf dem engen Balkon eines hässlichen Apartments, das mir als einziges noch deutlich vor Augen steht, in zwei Plastiksesseln zu sitzen und über den Atlantik zu starren. Alle Wege sind aus meiner Erinnerung verschwunden, die Bilder vom Gehen sind weggewischt, als hätte es sie nie gegeben. Wir, die wir immer lange und schnell gelaufen sind, wir laufen nicht, wenn ich an den damaligen Winter denke, als wir uns vor der Kälte, dem Frost und dem schneidenden Berliner Ostwind auf diese kleine Insel im Atlantischen Ozean geflüchtet haben. Keinen der gemeinsamen Wege, die wir gegangen sein müssen, kann ich zurückholen. Jetzt aber, als habe eine neue Zeitrechnung begonnen, wird mir jeder seiner vorsichtigen Schritte, jeder noch so kleine Gang unauslöschlich im Gedächtnis bleiben.

Der kürzeste Weg zum Dorfplatz mit Laden und Bar führt durch eine Senke. Als es noch Wald auf der Insel gab, stürzte ein Wasserlauf von den Bergen herab Richtung Meer; jetzt ist das Flussbett ausgetrocknet und voller Geröll. Nur bei Sturm laufen die Wellen in das Delta hinein und machen es unpassierbar. Der bequemere Weg führt um das Geröll herum und über eine kleine Brücke, aber er ist dreimal so lang, und wir nehmen, wenn es trocken ist, die Abkürzung durch das Flussbett. Ich gehe neben ihm oder steige dicht vor ihm über kleine Stufen aus festgebackener Erde und abgeschliffenem Kiesel in die breite, ausgewaschene Senke hinab. Mit den Stöcken sucht er Halt zwischen den Gesteinsbrocken. In der kleinen Strandbar halten die Gäste den Atem an. Schon stemmen sie sich auf den Armlehnen der Plastikstühle hoch, um aufzuspringen, wenn er fallen sollte. Aber er fällt nicht. Er hält sich an mir fest oder stützt sich auf die Stöcke. Es sieht halsbrecherisch aus, aber es gelingt. Drüben angekommen, nehmen wir unser kleines Domizil in den Blick. Wir sehen, wie der Wind die Spitzen der Bougainvillea im Patio bewegt. Manchmal sind die Böen so heftig, dass sich Blüten von den Zweigen lösen und als rote Schmetterlinge durch die Luft taumeln. Oder es sind die lederartigen Blätter von den Büschen, die nachts im Patio rascheln und jetzt auffliegen, wie grünlich braune Vögel.

Das Haus ist ein Kasten, mit Küche und Schlafzimmer. Es ist durch eine dicke Mauer vor den Wassermassen geschützt, die über den Geröllstrand mit Getöse auf und ab und in stürmischen Nächten über die dicke Schutzmauer bis in den Hof schwappen. Dann kommen unsere Vermieterinnen, zwei Schwestern, im Nachthemd gerannt und holen uns zum Haupthaus ins Ehebett ihrer längst begrabenen Eltern. Eine kurze, verwitterte Holzleiter reicht bis auf die Schutzmauer, die so breit ist, dass man einen Stuhl daraufstellen kann. Am ersten Tag übt er, barfuß. Die Stöcke hat er am Fuß der Leiter abgestellt. Ohne sie ist jeder Schritt, auch der auf die unterste Stufe, ein Balancieren über dem Abgrund, selbst wenn er sich an beiden Seiten der Leiter festhält. Auf der untersten Stufe bleibt er einen Moment stehen, wippt, um die Füße zu lockern, auf und ab, prüft die Stabilität, steigt wieder runter, steht kurz auf dem Boden, steigt dann höher bis zur nächsten Stufe und zieht den anderen Fuß nach. Am Mittag des zweiten Tages, als die Sonne am höchsten steht, ist er oben, sitzt im Stuhl auf der Mauer und sucht mit dem Fernglas den Horizont nach Delphinen ab. Eine Woche begnügt er sich mit seinem Aussichtsplatz in etwa zwei Meter Höhe. Dann übt er den Aufstieg zum Dach. Ich bin vor ihm nach oben gestiegen und habe fest auf jede Stufe getreten. Wider Erwarten hält die Leiter. Bis zur Schutzmauer ist er jetzt täglich rauf- und runtergestiegen und fühlt sich sicher. Auf den Stufen aber, die über die Schutzmauer hinaus aufs Dach reichen, zittern die Beine vor Angst. Unter ihm die Tiefe, die sich mit jedem Schritt vergrößert. Wenn er nach unten schaut, bleibt er in Panik stehen, wie eine Katze, die sich verkrallt hat und nicht weiterkann. Dann steigt er wieder runter, wartet, bis die Beine sich beruhigen, und beginnt aufs Neue. Ich stehe hinter ihm auf der Leiter, um ihm Sicherheit zu geben, obwohl ich weiß, dass ich ihn nicht halten könnte. Einen Sturz könnte ich nur bremsen, mehr nicht.

Für den Weg aufs Dach braucht er mehrere Tage. Dann vergeht die Angst. Beim letzten Schritt zieht er sich an der Balustrade hoch, die das Dach umgibt, und fällt in den Plastiksessel, der bereits oben steht. Von jetzt an wird er morgens hinaufsteigen und herunterkommen, wenn die Sonne sinkt. Sobald die beiden Vermieterinnen aus dem Fenster des Haupthauses schauen und ihn dort oben sitzen sehen, schreien sie auf und fuchteln mit den Armen. Ich bringe ihm das Fernglas, ein Buch, einen Skizzenblock mit Bleistift, eine Flasche Wasser und einen Teller mit Obst, Oliven, Brot und Käse hinauf. Er sieht mich im Patio an einem Tisch sitzen, der früher eine Kabelrolle war, schaut zu mir herunter, wenn ich die Tonbandgespräche mit den Frauen der Schriftsteller abschreibe oder unter einem Sonnenschutz aus Palmenzweigen im Schatten liege. Vom Dach aus kann er die Domino spielenden alten Männer vor der Bar erkennen. Er sieht die Segelschiffe in den kleinen Hafen einlaufen. Mit den Augen legt er riesige, für ihn unerreichbare Strecken zurück, über die Bucht, über das Dorf, bis zum Friedhof auf der Punta, während mein Blick an der Bougainvillea und den raschelnden Büschen vor der weiß gekalkten Mauer hängen bleibt.

37 Bis jetzt sind es nur Gerüchte. Aber die Neuigkeiten über einen geplanten Flugplatz auf der Punta verbreiten Unruhe in den weiß gestrichenen Häusern der Bucht. Etwas verändert sich. Vorfälle, von denen der kleine Ort bislang unberührt geblieben war, haben sich gehäuft. Unerhörte Diebstähle, Einbrüche, harte Drogen und ein Unfall, hinter dem sich ein Mord verberge. In Erwartung der direkt neben dem Friedhof auf der Punta landenden Maschinen, voll mit Urlaubern, werden diese Ereignisse schon bald als die ersten Vorboten einer neuen Ära gehandelt. Die Insel ist nicht vorbereitet auf den geplanten massenhaften Ansturm von Fremden. Aber auch im nächsten Winter kann er vom Dach aus noch keine Bagger oder Planierraupen auf der Punta ausmachen. Während die Flugzeuge weit oben über die Insel hinweggleiten, bringt nach wie vor eine Fähre die Reisenden übers Meer in eine kleine Hafenstadt. Dort steigen sie in einen Bus, dessen Fahrer bei lauter Musik und behütet von Heiligenbildern, die am Rückspiegel baumeln, die kurvenreiche Strecke über die schmale, sich an die Felsen klammernde Inselstraße nimmt.

Erst im nächsten Jahr, um Weihnachten herum, er-

kennt er vom Dach aus einen am Rand des Plateaus auf-
gestellten Kran und die hoch aufgerichtete Grabschaufel
eines Baggers. Ein Jahr später zieht sich das Band einer
Piste in den Horizont bis zu einem Abgrund, über den
einmal die Flugzeuge hinaus aufs Meer schweben sollen.
Aber noch kommen keine Flugzeuge. Noch geben die
Jungen aus dem Dorf der überdimensionalen Asphalt-
fläche ein menschliches Maß zurück, indem sie auf der
Piste Fußball spielen. Bei Sonnenuntergang gehen Lie-
bespaare auf der leeren Bahn spazieren, von einem Ende
zum anderen, hin und her. Sie schlendern von Osten
nach Westen, Afrika im Rücken. Wenn sie müde sind,
setzen sie sich am Ende der Piste an die Kante, legen
die Arme umeinander, blicken schaudernd in die tiefe
Schlucht und dann über den Atlantik nach Amerika.

Am Neujahrstag war er seit dem Morgen auf dem
Dach, hatte gelesen, ins Tagebuch geschrieben und ge-
zeichnet. Immer wieder hatte er zum Fernglas gegriffen. Schiffe sind durch seinen Bildausschnitt geglitten.
Manchmal glaubt er die glänzenden Rücken von Delphinen gesehen zu haben. Er lässt den Blick durch das
ausgetrocknete Flusstal wandern, folgt dem Pfad, der in
einer Zickzacklinie hinauf auf die Punta führt, zur Piste.
Mit dem Fernglas holt er das, was er nicht erreichen kann,
zu sich heran. Er beschäftigt sich mit Ausschnitten. Von
seinem Stuhl aus ist sein Blick auf einen festen Punkt gerichtet. Seine Augen schweifen nicht ab. Irgendetwas bewegt sich gegen Mittag am Rand der Piste, er kann nicht
sagen, was es ist. Es scheint auf, weit entfernt, verschwindet und kehrt nicht wieder. Nachträglich, als Vorstellung

und Wirklichkeit ineinanderübergehen, nimmt es die Form eines silbernen Autos an. Was sich danach ereignet, entzieht sich seinen, den Horizont absuchenden Augen. Er ist nicht auf gleicher Höhe mit dem Geschehen. Lautlos und für ihn unsichtbar nimmt es seinen Lauf, auf die Asphaltbahn geduckt, die in einer optischen Krümmung wegkippt aus seiner Sichtachse. Den ganzen Tag bleibt er auf dem Dach. Irgendwann fliegt ein Hubschrauber über die Bucht. Er kreist über der Piste und geht an einer Stelle nieder, bis zu der sein Auge nicht reicht. Einige Zeit später steigt der Hubschrauber wieder auf. Das ist alles.

Eigentlich, heißt es, sei das Essen in einem der weißen, kleinen Häuser der Tagelöhner auf der Punta schon fertig gewesen. Aber die Familie hätte noch herumgestanden um das neue Auto, mit dem der Neffe aus dem Norden zu Besuch gekommen war. Man habe es bewundert. Mit ungläubigem Staunen, in dem ganz leise auch Furcht aufgestiegen sein mag vor dem, was da auf dem Tacho als Höchstgeschwindigkeit abzulesen war, hätten die fünf kleinen Kinder in das Auto hineingeschaut, und der Neffe sei stolz auf die Beschleunigung pro Sekunde gewesen. Kurzentschlossen steigen der Neffe und der Vater der Kinder ein. Die Frau kehrt zum Herd zurück, um das Essen warm zu halten. Die Kinder rennen noch ein Stück hinter dem Auto her und sehen die beiden Männer ein, zwei Kurven hinabfahren und dann langsam auf die gerade, glatte, fünfzehnhundert Meter lange Piste einbiegen. Dort gibt der Neffe Gas. Von oben verfolgen die Kinder, wie das Auto über den Asphalt jagt und vor der Schlucht abzuheben scheint. Aber das Auto hebt nicht ab vor dem dreißig Meter tiefen Abgrund am Ende der Bahn. Es verschwindet. Die Nadel auf dem Geschwindigkeitsanzeiger, sagen die Leute, sei bei einhundertneunzig Stundenkilometer stehen geblieben. Vielleicht hat ihn das Licht geblendet, sagen sie noch, die Sonne, die am Mittag über der Piste stand.

38 Er ist unterwegs. Das Konzept der behutsamen Stadterneuerung ist gefragt. Instandsetzen, Erhalten, mit dem Vorhandenen umgehen. Wohnen heißt Bleiben. Er hält Vorträge in Tirana, in Skopje, Manchester, Istanbul, Cincinnati, Mumbai. Nach Mumbai begleite ich ihn. Wie auf allen seinen Reisen wartet jemand mit einem Roll-stuhl an der Passkontrolle. Diesmal ist es eine junge Frau im Sari, die über den Geruch nach Lysol und die Schlan-gen an der Passkontrolle hinweglächelt. Vor dem Flugha-fen Kühe. Es ist Nacht. Eine unvorstellbar schwüle Hitze. Endlos sich hinziehende Vororte. An den Straßenrändern schlafende Menschen, manchmal von einem Treppen-vorsprung geschützt. Die Luft riecht nach verbranntem Müll. Im Hotel dröhnt die Klimaanlage. Der Himmel voll kreischender Vögel, Krähen, Geier. Dann Stille. Nahezu gleichzeitig haben sich die Vögel in den Bäumen vor unse-rem Fenster niedergelassen. Schweigend und schwarz ho-cken sie dicht gedrängt. Wir liegen aneinandergeschmiegt und fallen in schweren Schlaf. Am nächsten Tag beginnt im Prince of Wales Museum ein Kongress von Stadtpla-nern und Architekten aus verschiedenen Ländern. Sie beschäftigen sich mit einem alten Viertel aus der Kolonialzeit. Morgens wird er vom Fahrer des Goethe-Instituts abgeholt. Zum Essen treffen wir uns. Der Fahrer bringt ihn von einer Straßenseite zur anderen. Eine Straße überqueren kann er nicht. Nur Menschen, die rennen können, schaffen es. Kein Auto hält an. Kein Bus. Die Bettler an Krücken setzen ihr Leben aufs Spiel. Er nimmt die Stadt aus dem Autofenster wahr oder manchmal bei kurzen Wegen auf einer Straßenseite oder über einen Markt. Er bewegt sich mit den Augen. Sie sind ihm voraus. Seine Beine können sie nicht einholen. Die Augen sind schon da, wo er noch lange nicht sein wird. Noch immer halten seine Augen eine Strecke für kurz, die von seinen Beinen nicht zu bewältigen ist. Seine Blicke treffen sich mit denen der Menschen auf andere Weise als meine. Ich beobachte. Er sieht, wird gesehen und schaut in die Gesichter. Mit seinen langsamen Schritten geht er auf die Menschen zu, und manchmal will es mir scheinen, dass er dabei die Arme öffnet, obgleich er doch fest die Stöcke in Händen hält.

Ich streife durch die Stadt. Wenn ich müde bin, nehme ich mir eines der schwarz-grünen Taxis zum Taj Mahal Hotel und setze mich in den klimatisierten Teesalon. Dann wieder laufe ich. Vor dem Prince of Wales Museum treffe ich das Mädchen Bano. Sie verkauft Postkarten. Sie lacht nicht, sie strahlt. Ein ergebenes Strahlen angesichts einer Gegenwart, die nie anders sein wird. Ich besuche sie jeden Tag. Als ich mich nach zehn Tagen von ihr verabschiede, habe ich vor, im nächsten Jahr wiederzukommen. Sie wird dann alt genug für einen Sari sein – zwölf Jahre. Noch trägt sie ein kurzes Kleidchen. Ich habe ihr den Sari für ihren Geburtstag mitgebracht. Ich frage sie, wo sie sein wird, wenn ich komme. Hier, sagt sie und deutet in die Ecke neben der öffentlichen Toilette am Rand des Parks, der das Prince of Wales Museum umgibt. Dort sitzt ihre Mutter auf dem Boden, mit einem Säugling auf dem Arm. Es ist ein guter Platz, weil es einen Wasserhahn gibt.

In der letzten Nacht klirrt es im Badezimmer. Ein Glas fällt zu Boden. Die Krähen, die sich gerade zum Schlaf niedergelassen haben und still geworden sind, fliegen kreischend von den Bäumen auf. Das Bett rüttelt. Das Hotel schwankt. Die Erde bebt. Ich springe auf, allein. Er kann es nicht, bleibt liegen. Wir sind in der siebten Etage. Ich stehe unter dem Türrahmen und begreife, was ich getan habe. Es ist Wirklichkeit, kein Traum. Ich habe versucht, mich zu retten. Nur mich. Ich schaue zu ihm hinüber auf das Bett. Es ist kurz nach ein Uhr morgens. In den Sekunden, die das zehnstöckige Gebäude erschüttern, sehe ich seinen Blick auf mich gerichtet. Darin das Wissen, dass er keine Chance hat. Fast höre ich ihn sagen: »Lauf!« Aber in diesen Sekunden bleiben wir stumm, jeder allein auf seiner Seite des Lebens.

39 Auf der Fahrt vom Flughafen Tegel zu unserer Wohnung erscheint uns Berlin menschenleer, still und friedlich. Noch während wir die Haustür aufschließen, fällt unser Blick auf ein Plakat, mit Tesafilm an einem der Wandspiegel befestigt, die zu beiden Seiten in die Marmorverkleidung des Hausflurs eingelassen sind. Das Wort »Verbrechen« wiederholt sich mit großen schwarzen Lettern im Unendlichen. Eine Messerstecherei im Morgengrauen vor dem Club neben unserer Eingangstür. Zwei Schwerverletzte, ein dritter mit Kopfwunde. Augenzeugen gesucht. Auf einem der Fotos ist unser Haus zu sehen. Regennasser breiter Bürgersteig, leere Straße, die Stunden nach der Tat. Vor dem Nachbarhaus eine rot-weiße Absperrung der Spurensicherung. Ein anderes Foto zeigt den Kiosk nebenan und die schwarz gestrichene Tür des Clubs. Bevor die Russen sich des Nachtlebens bemächtigten, gab es dort Reggae. Nachts saßen Jamaikaner mit Strickmützen auf den Stufen vor unserer Tür, rauchten noch einen Joint und hofften auf Frauen, die sie zu sich nach Hause einladen würden. Jetzt passieren die Besucher an den Wochenenden die Gesichtskontrolle muskulöser Kasachen mit deutschen Vorfahren und hinterlassen am

Sonntagmorgen Erbrochenes auf den Stufen und auf dem Bürgersteig. Ein anderes Foto auf dem Plakat zeigt in weitem Winkel die Strecke zurück, vom Kiosk, am Club vorbei bis zu der Tür mit den geschliffenen Glasscheiben, durch die wir gerade das Haus betreten haben. Das dunkel angetrocknete Blut ist noch am nächsten Morgen auf dem Pflaster vor unserem Haus zu sehen. Es ist zwischen die kleinen Granitsteine gesickert, gleich neben den beiden Stufen, die in den Flur führen.

Unser Haus verändert sich, das Dach wird ausgebaut. Immer mehr Flüchtlinge aus dem Balkankrieg strömen in die Stadt und brauchen Wohnungen. Der Hausbesitzer erklärt zwei dunkle, feuchte Lagerräume im Hinterhof zum Wohnheim und vermietet sie ans Sozialamt. Das Sozialamt hat eine fünfköpfige Familie angekündigt. Als sie kommen, ist es bereits Nacht. Einige Fenster im Neubau gegenüber sind noch erleuchtet. Der einsame Esser sitzt am Tisch, und wenn er den Zeitplan einhält, wird er in wenigen Minuten den Teller in die Küche tragen. Ein Stockwerk höher geht eine junge Frau im Nachthemd durch den Raum und löscht die Lichter. Darüber wird das Zimmer nur von dem Fernseher erleuchtet, der ab und zu, wenn Himmel oder Meer auf dem Bildschirm erscheinen, den Vordergrund erhellt. In der Wohnung daneben gleitet wieder das Bügeleisen, von unsichtbarer Hand geführt, hinter der Fensterscheibe durch die Nacht und bleibt dann stehen. Die kleine gelbe Lampe in der Wohnung zur Kreuzung leuchtet weiter bis zum Morgen. Neu ist die Nachbildung eines antiken Diskuswerfers auf dem Fensterbrett, der mit der Scheibe in die Richtung der Lampe zielt. Sonst tut sich nichts hinter dem grobmaschigen Vorhang.

Er hatte schon eine Weile am Fenster gestanden, als er sie kommen sieht. Sie steigen vor dem spanischen Restaurant aus dem Taxi. Die Mutter, der Sohn, zwei kleine Töchter und eine junge Frau. Die Mutter und die junge Frau tragen die langen weitschwingenden Röcke, die sie als Roma erkennen lassen. Sie heben ein Bündel mit ihren Habseligkeiten aus dem Taxi. Dann verschwinden sie im Toreingang. Ich nehme den Hinterausgang und die Wendeltreppe hinunter. Übermüdet stehen sie im Hof vor einer Tür neben der Kellertreppe. Sie kommen aus Bosnien, sind schon eine Weile durch Flüchtlingslager unterwegs, sprechen ein wenig Deutsch. Der Sohn hantiert am Türschloss. Darüber ein Zettel »Vorsicht Rattengift«. Ich bringe ihnen eine Matratze und etwas zu essen. Am nächsten Tag hat das kleine Mädchen unter den im Hof angesammelten Rädern ein altes Kinderfahrrad ohne Sitz gefunden. Vom Fenster aus sehe ich sie im Stehen darauf herumfahren, gehe runter und montiere einen Sattel auf die Stange. Im Lauf des Jahres werden Luftpumpen verschwinden, Klingeln, Sättel, Satteltaschen, ganze Räder. Nur mein Fahrrad bleibt unangetastet. Es steht unter dem Schutz eines kleinen Roma-Mädchens, das Tag für Tag auf dem Kinderrad mit der vor sich hin geträllerten Klage: »Ich hatte heute noch kein Eis!« in kleinen Kurven und Schlangenlinien die Herzen der Gäste im Vorgarten des spanischen Restaurants umkreist. Wenn ein letzter

Rest Sonne am späten Nachmittag durch einen Häuser-spalt in den Hinterhof scheint, sitzt die Familie in Klapp-stühlen zwischen den Fahrrädern, den Mülltonnen und einem Haufen leerer Weinkartons.

40 Sie sprechen nicht über das, was ihnen angetan worden ist, was sie gesehen haben, mit ansehen mussten. Ich lese darüber in Büchern und höre es in den Nachrichten. Das ältere Mädchen trägt die Trauer in ihren feinen Zügen. Der Vater, nur das erfahre ich, hat es nicht überlebt. Die Mutter ist erschöpft. Ich begleite sie zu meiner Ärztin, die sie untersucht und nichts außer der Last dieses Lebens diagnostizieren kann. Wenn ich mein Fahrrad aus dem Hinterhof hole, schaue ich bei ihr durch die immer offen stehende Tür herein. Aus dem Nichts sind in den beiden dunklen, feuchten Zimmern Teppiche aufgetaucht, dann ein Sofa, eine Schrankwand mit Fernseher und Musikanlage, zwei sitzende Schweizer Sennenhunde aus Plastik und eine Kühltruhe, die sich auf geheimnisvolle Weise mit riesigen Fleischpaketen füllt, herbeigeschafft von dem großen, verzweigten Clan, in dem alle füreinander sorgen nach alten Gesetzen, von denen wir nichts wissen, und auf Wegen, die wir nicht kennen.

Die Dinge sind leise gekommen, wie sie selbst. Sie werden in der Dunkelheit durch den Hof getragen, fast unbemerkt. Die Mutter sitzt schweigend auf dem Sofa, der Sohn streitet mit der jungen Frau. Ich setze mich zur

Mutter. Der Sohn macht ein Foto. Ihre lange schmale Hand liegt in meinem Schoß, ich habe meinen Arm in ihren Arm gelegt. Ihr Gesicht trotz Blitzlicht tief verschattet. Ringe unter den Augen. Sie trägt einen ihrer weiten Röcke aus goldfarbenem Samt, eine glitzernde dunkle Bluse und einen Silberschmuck um den Hals. Ich trage ein schwarzes Kleid und eine Perlenkette. Wir lehnen uns aneinander und berühren uns. Unendlich fremd. Daneben das stille ältere Mädchen, deren ebenso lange schmale Hände, wie die der Mutter, auf ihren Knien ruhen. So finde ich einen Platz auf der Fotowand über dem Sofa, die ihre Geschichte erzählt, beginnend in Sepia, dann Schwarz-Weiß und vergilbt, festgefügt und statisch, archaische Gestalten, Großeltern, Eltern, Verwandte, die für immer an ihrem Platz zu stehen scheinen. Dann werden die Fotos farbig, bewegter, wurzelloser, Schnappschüsse, sich an den Augenblick klammernd auf Wanderungen im geschichtslosen Raum.

Wir sitzen eine Weile. Das kleine Mädchen kurvt durch den Hof. Wo ist dein Mann? fragt sie. Sie fragt es jeden Tag. Beide Mädchen warten am Parkplatz, wenn er kommt und die Kleine ihr tägliches Eis einklagt, während die größere still danebensteht. Sie möchte in die Schule gehen. Die nächste Schule ist nur drei Querstraßen weiter, Richtung Bahnhof Zoo, neben einem jüdischen Kindergarten. Ein Polizist mit Maschinenpistole vor dem Eingang. Seine Blicke wandern die Straße auf und ab, die rechte Hand liegt auf der Waffe. Ich gehe mit den beiden Mädchen und der Mutter hinter ihm vorbei durch das Tor und auf den Schulhof. Ich habe die Mädchen als Flüchtlingskinder aus Bosnien angekündigt. Jetzt wird offenbar, dass sie zum fahrenden Volk gehören. Dass diese Schule die Mädchen nicht nehmen wird, ist bereits im Gesicht der Sekretärin zu lesen, während die Mutter noch die Geburtsurkunden ihrer Kinder aus den Falten ihrer Röcke zieht. Ich bin froh, dass der Unterricht andauert, während wir über einen immer noch leeren Schulhof zurückgehen. Ich telefoniere mit dem Schulamt. Sie verweisen mich an eine andere Schule in entgegengesetzter Richtung, ein düsteres Gebäude. Diesmal kommt der Sohn mit. Ein heftiger Wind fegt die enge Straße entlang. Der Sohn geht mit einigem Abstand vor mir in einem weiten, abgetragenen Jackett mit zwei Schlitzen im Rücken. Es fällt locker über die Hose und beult sich über dem Bund ein wenig aus. Bei einem Windstoß sehe ich, dass er eine Pistole unter der Jacke trägt. Die Mädchen haben sich bei mir eingehängt. Die Mutter geht hinter uns. Ein langer dünner Zopf hängt über ihren gebeugten Rücken herab.

Einige Wochen werden die Mädchen in diese Schule gehen. Dann verschwinden die Federmäppchen, die ich ihnen gekauft habe, die Stifte, die Spitzer und Radiergummis, die Hefte, am Ende auch die Schulranzen vom Sozialamt. Sie verbringen die Tage wieder auf dem Bürgersteig vor dem spanischen Restaurant. Die Kleine spielt mit dem gleichaltrigen Sohn des Wirts und nimmt sich vor, ihn zu heiraten, wenn sie groß ist. Manchmal sieht man sie im Restaurant mit am Tisch sitzen und essen. Die Ältere bleibt abseits. Sie will keinen Mann. Sie sieht, was mit der jungen Frau ihres Bruders geschieht, die eines Tages davonläuft und zurückgeholt wird. Tagelang hockt sie weinend im Hof zwischen den überquellenden Mülltonnen, den Fahrrädern und den zusammengestampften leeren Weinkartons. Manchmal kommt die junge Frau zu mir nach oben, wenn sie ihre Haare waschen will und Shampoo braucht. Dann streicht sie mit den Händen über die Stoffe in meiner Werkstatt. Ich schenke ihr einige Meter, goldfarben mit schwarzen Blumen für ein Kleid. Am nächsten Tag hat sie den Stoff verschnitten, sagt sie.

Sie sind ein oder zwei Jahre geblieben, ich weiß es nicht mehr. Der Sohn hatte lange nach einer Wohnung gefragt, überall. Geld spiele keine Rolle, sagte er und zog ein dickes Bündel Scheine aus der Hosentasche. Eines Tages stehen die Schrankwand, das Sofa und die beiden Sennenhunde auf dem Hof. Ein grüner alter Kastenwagen fährt rückwärts in die Einfahrt. Die Kühltruhe wird eingeladen, dann die Teppiche, die Fotowand, Bündel mit Kleidern. Die Mädchen sitzen vorne im Auto und warten, dass es losgeht. Die Kleine voll Abenteuerlust, ein letztes Eis in der Hand. Die Ältere in sich gekehrt. Wir haben uns umarmt mit dem Versprechen auf ein Wiedersehen, das dem Abschied die Endgültigkeit nimmt. Dann steigt die Mutter ein, setzt sich hinten auf eine Kiste, rechts und links die Sennenhunde. Noch einmal winkt sie. Der Sohn schließt die beiden Türen des Kastenwagens und lässt das Auto langsam aus der Einfahrt rollen. Nur die Hundeköpfe sind einen Augenblick lang durch die beiden Rückfenster der Autotür zu sehen. Schrankwand und Sofa stehen noch lange im Regen auf dem Hof und werden irgendwann von der Müllabfuhr geholt. Ich habe mein Versprechen gehalten und sie in der neuen Wohnung besucht. In einem fast

leeren Zimmer in einem Hochhaus auf dem Teppichbo-
den sitzend, hatte unsere Hinterhof-Freundschaft ihren
Sinn verloren.

41 Unmerklich werden unsere gemeinsamen Wege kürzer. Es geschieht so langsam, dass wir es kaum wahrnehmen. Abends im Schlosspark bleibt er auf dem Weg am hinteren Eingang zurück, während ich eine große Runde bis zum Schloss laufe oder bis zu der kleinen Insel, benannt nach der Königin Luise, deren Büste auf einer Säule zwischen den Rhododendronsträuchern steht. Dann kehre ich um. Als ich ihn von weitem auf einer Bank sitzen sehe, vergeht meine Traurigkeit darüber, dass er nicht sehen kann, was ich gesehen habe – wie sich das Schloss im Wasser unter der geschwungenen Brücke spiegelt oder die Perlenkette aus Schneebeeren, die jemand um den Hals der Königin gelegt hat. Ich setze mich zu ihm, wir schauen über die Wiesen und hören den Nachtigallen zu. Kurz vor Einbruch der Dunkelheit wird er unruhig, fürchtet sich davor, den Rückweg nicht mehr zu schaffen, bevor das Tor von einem Parkwächter geschlossen wird. Er kann es nicht mehr darauf ankommen lassen. Während er in konzentriertem Schweigen versucht vorwärts zu kommen, laufe ich zum Tor und halte zugleich nach Schlupflöchern in der Mauer Ausschau, die an manchen Stellen verfallen ist. Als er das Auto erreicht hat, sitzt er eine Weile, um den Aufruhr in seinem Innern zu befrieden, dieses vergebliche Aufbegehren gegen eine Übermacht, die seinen Körper gefangen hält, während seine Blicke vorauseilen auf ein Ziel, das nicht näher zu rücken scheint.

Schon von weitem ist das Blaulicht zu sehen. Bis kurz vor der Wilmersdorfer Straße ist alles abgesperrt. Die Autos biegen in die Nebenstraßen ein, nur wir werden mit dem Behindertenausweis zu unserem Haus durchgelassen. Vor dem Kiosk ein Krankenwagen. Eine Ansammlung von Menschen auf dem Bürgersteig. Im Krankenwagen, sagen sie, liegt der Serbe mit einer Kugel in der Brust. Lange bleibt das Auto vor dem Kiosk stehen, verschlossen und unbeweglich. Ein Kasten, in dem es um Leben und Tod geht. Nichts von dem, was drinnen geschieht, dringt nach außen. Jetzt warten auch wir. Wir halten Wache, wie die anderen. Ich habe mich auf die Stufen vor unsere Tür gesetzt. Ihm hat jemand einen Stuhl gebracht. Je länger es dauert, umso leiser werden die Stimmen. Als der Krankenwagen ein wenig schwankt, wird es ganz still.

Begonnen hatte es gegen halb acht Uhr abends. Ein verrückter Nazi, sagen die Herumstehenden, sei in den Kiosk gekommen. Man habe Schreie gehört. Warum es zum Streit gekommen sei, kann niemand genau sagen. Der Nazi habe den Serben beleidigt, heißt es, ihn in seiner Ehre gekränkt. Da habe der Serbe unter den Ladentisch gegriffen und eine Axt hervorgeholt. Der Nazi sei aus dem Kiosk gerannt, hinter ihm schreiend der Serbe mit der Axt. Auf der Höhe des Friseurladens habe sich der Nazi umgedreht und geschossen. Der Serbe sei zusammengebrochen. Der andere sei weitergerannt, bis zur übernächsten Ecke. Während der Serbe um sein Leben ringt, soll sich der Nazi in seiner Wohnung verschanzt haben. Als sich der Krankenwagen schließlich in Bewegung setzt, hat sich etwas entschieden. Ob für das Leben oder den Tod, wissen wir nicht.

Bis tief in die Nacht rasen Polizeiautos die Straße entlang. Der Nazi wirft jetzt Feuerwerkskörper vom Balkon auf die Polizei. Von ferne hört man das Krachen, dazwischen, in höchster Lautstärke, Fetzen aus Beethovens neunter Symphonie. Aus dem Fenster hängt eine alte, deutsche Fahne mit Eisernem Kreuz und Reichsadler. Pressefotografen haben sich vor dem Haus versammelt. Sie machen Fotos von einem Mann mit altmodischem Backenbart, der sich in Kämpferpose mit nacktem Oberkörper auf dem Balkon zeigt, die umwickelte Faust geballt. An einer Schnur um den Hals der mythische Hammer des germanischen Gottes Thor. Als die Polizei vor seiner Wohnung steht, schießt er durch die Tür. Dann beobachten die Polizisten ihn vom Nachbarbalkon mit einem riesigen Spiegel. Inzwischen dröhnt Heavy Metal über die Straße. Um Mitternacht geht der Nazi ans Telefon. »Erschießt mich!«, brüllt er in den Hörer. Als die Polizei mit Blendgranaten in die Wohnung eindringt, hält er sich die Waffe an den Kopf und drückt ab. Vor Daos Asia Shop wird die Leiche auf einer Bahre festgeschnallt und in einen fensterlosen Wagen geschoben.

Am nächsten Tag ist der Kiosk voll von Menschen, die sich über den Ladentisch beugen und wissen wollen, wo die Axt gelegen hat. Vielleicht, meint der junge Türke, der jetzt hinter der Theke steht, war es die Kusshand, die der Nazi dem Serben zugeworfen haben soll, bevor er aus dem Kiosk rannte. Der junge Türke verkauft die Bildzeitung stapelweise und stellt eine Liste mit den Namen von Kunden für einen Gruppenbesuch in der Klinik zusammen. Der Serbe überlebt. Im Kiosk wird man ihn nie wiedersehen.

42 Er geht nicht mehr in Ausstellungen, nicht mehr ins Museum. Der Wechsel von Stehenbleiben, ein Bild anschauen oder einen Text lesen, weitergehen, wieder stehen bleiben, wieder schauen und lesen wird ihm zu anstrengend. Er schweigt, wenn er geht. Das Gehen selbst fordert alle Kraft, alle Aufmerksamkeit. Das Jüdische Museum will er im Rohbau sehen, unfertig, als Konstruktion. Wir folgen einer Führung durch riesige Räume, die die Form eines Blitzes ergeben. Ich trage einen leeren Farbeimer wie eine Handtasche mit mir. Wenn die Gruppe stehen bleibt, um den Erläuterungen des Architekten zu lauschen, drehe ich den Eimer um, und er setzt sich für einen Augenblick hin. Zu Beginn befinden wir uns noch in der Mitte der Gruppe. Sobald der Architekt aber im Weitergehen redet, drohen wir ihn aus den Augen zu verlieren. Bei jedem Halt, wenn er sich hinsetzt und wieder aufsteht, bleiben wir ein Stück weiter zurück, bis die Gruppe in einem von uns unbemerkten Moment um die nächste Ecke gebogen ist. Ich laufe eilig vor und sehe sie gerade noch in der unüberschaubaren Weite der Hallenfluchten verschwinden. Dann laufe ich zurück, und wir versuchen gemeinsam die Gruppe einzuholen. Aber die Stimmen entfernen sich, bis sie schließlich gar nicht mehr zu hören sind. Er ist inzwischen so erschöpft, dass er nicht mehr weiterkann. Das Telefon ist im Auto geblieben. Wir beginnen zu rufen. Keine Antwort. Wir wissen nicht, an welcher Stelle wir sind. Nirgendwo ein Ausgang. Kein Fenster, das wir öffnen könnten. Nur schräge Schlitze in den Wänden, durch die man das Licht sinken sieht. Es ist Wochenende. Zuerst lachen wir. Doch uns wird kalt – er nur im Sommerhemd, ich im dünnen Kleid und Sandalen, ringsum Stille und eine Feuchtigkeit, die aus dem frischen Mörtel aufsteigt. Ich laufe herum, um irgendetwas gegen die Kälte zu finden und sei es eine Plastikfolie. Er ruft weiter. Langsam dämmert es, und ich beginne zwischen den herumliegenden Zementsäcken und Eimern nach einem Platz Ausschau zu halten, wo wir die Nacht verbringen könnten. Es gibt eine Ecke neben einem Aufzug, der noch nicht funktioniert. Ich trage Eimer und Kisten zusammen, die ich neben dem Aufzug um einen möglichen Schlafplatz herum aufschichte. Dann suche ich wieder nach einem Ausgang aus der verwirrend weiten Leere der riesigen in Zickzacklinien verlaufenden Hallen, will mich aber, aus Angst, nicht zurückzufinden, nicht zu weit von ihm entfernen. Ich höre ihn rufen, während ich suche, und rufe zurück. Es wird schon dunkel, als ein Nachtwächter auf seiner ersten Runde antwortet und uns über kurze Wege, die nur er kennt, mit einer Taschenlampe zum Ausgang führt.

Das Jüdische Museum wird am 9. September 2001 eröffnet. Zwei Tage später steuern arabische Selbstmordattentäter zwei Flugzeuge in die Twin Towers von New York und bringen beide Türme zum Einsturz. Tausende Menschen sterben. Vor dem koscheren Imbiss gegenüber stehen jetzt Tag und Nacht Polizisten mit Maschinenpistolen. Sie bewachen das Schaufenster, in dem ausgebleichte Packungen mit Mazzebrot aufgereiht sind. Vor der Synagoge in der nächsten Querstraße darf kein Auto mehr abgestellt werden. Iranerinnen mit Kopftüchern ziehen in die Wohnung des Taxifahrers ein. Als die Koreaner ausziehen, übernehmen die Iranerinnen auch diese Wohnung. Während die Koreaner von den Bewohnern der anderen Straßenseite unbeachtet ein und aus gegangen sind, schauen sie jetzt mit Argwohn auf die Frauen mit Kopftüchern, die Sofas, Sessel und Couchtische aus Rauchglas ins Haus transportieren. In der Wohnung des Taxifahrers stellen die Frauen eiserne Bettgestelle auf. Eines Tages frage ich sie, ob sie eine Pension aufmachen wollen. »Nein«, sagt eine jüngere Frau lächelnd, »wir sind eine große Familie.« Wäre da nicht das Fenster der Kammer zum Hof, würde ich immer noch, auf dem Treppenabsatz, wo alle in einem Mietshaus zusammentreffen, nach einer Familie mit vielen Kindern Ausschau halten und sie mir nachts in den Eisenbetten schlafend vorstellen. Aber es gibt keine Familie mit Kindern in der Wohnung gegenüber. »Nationaler Iranischer Widerstandsrat« ist jetzt auf einem gravierten ovalen Türschild der ehemaligen Wohnung des Taxifahrers zu lesen.

Durch das Fenster der Kammer zum Hof sehe ich sie an Computern sitzen, eingehüllt in Kopftücher, die sie auch in der Wohnung nicht ablegen. Auf der Straße bewegen sie sich anders als die türkischen Frauen beim Einkaufen, die den Blick unter den Kopftüchern senken und mit langsamen Schritten eine schwere Tasche auf Rädern hinter sich herziehen. Die Iranerinnen schauen den Menschen, die ihnen entgegenkommen, ins Gesicht. Ihre Kopftücher scheinen kein religiöses Symbol zu sein, eher eine Uniform, etwas, das sie einander gleichmacht. Auch die langen Hosen und weiten Jacken, die sie tragen, lassen sie gleichförmig erscheinen, und es fällt mir schwer, sie voneinander zu unterscheiden. Die Frauen arbeiten bis spät in die Nacht, manchmal bis zum Morgengrauen.

Eines Tages stehen drei Männer vor ihrer Wohnung, deren betont lockere Kleidung in Lederblousons mit Strickbund sie bereits von hinten als Polizisten in Zivil zu erkennen gibt. Während ich langsam die Treppe hinuntergehe, höre ich, wie die Männer Fragen stellen. Ich kann nur Bruchstücke verstehen. Eher ist es der Tonfall, der mich aufhorchen lässt. Die Männer haben Erfahrung. In ihrem Auftritt nimmt jeder seine Rolle ein: ein Böser, ein Guter und ein Kompromissbereiter. Es geht ihnen um eine Bestätigung dessen, was der eine zu wissen vorgibt, der andere bezweifelt und der dritte herunterspielt: Sie wollen etwas herausbekommen. Sie haben einen Verdacht. Sie haben Hinweise. Die Bewohner auf der anderen Straßenseite sind beunruhigt: Wer sind diese Frauen? Was tun sie hier? Was planen sie? Die drei Männer stellen Fragen, denen die in der Tür stehende Iranerin mit einem beharrlich wiederholten »Nein« begegnet.

43 Mit der jungen Frau an Krücken kommen wir ins Gespräch, während wir zu dritt, er, sie und ich, im Aufzug hinunterfahren. Sie lehnt neben ihm an der verspiegelten Wand, beider Krücken berühren sich. Sie hat als Lehrerin in ihrer Heimat gearbeitet. Die Krücken braucht sie, seit sie im Gefängnis war, erfahren wir später. Unten angekommen, bieten er und sie sich lange gegenseitig den Vortritt an. Und mit der Zeit, wenn wir uns auf dem Treppenabsatz begegnen, hören wir etwas von dem Leid, das alle Frauen, verborgen unter ihren Kopftüchern, mit sich herumtragen. Irgendwann bemerken sie im Aufzug mein Parfüm, streichen über meine Haare, mein Gesicht. Einmal bitte ich sie, ihr Kopftuch abzunehmen. Sie tun es für einen kurzen Blick, und ich sehe, wie schön sie sind. Schnell binden sie das graue oder blaue Tuch wieder über ihre glänzenden schwarzen Haare. Sie lachen, wenn sie uns beiden begegnen und er sie bald auf Farsi begrüßt. »Wie geht es Ihnen? Chubi?«, hat er gelernt, und sie antworten »Danke gut. Merci, chubam oder cheli chubam, sehr gut!«. Sie holen den Aufzug für ihn, wenn die Tür irgendwo offen steht und der Aufzug nicht kommt. Wenn wir von einer Reise zurückkehren, rufen die Frauen einen der wenigen iranischen Männer herbei, die hin und wieder zu sehen sind, damit sie uns das Gepäck in die Wohnung tragen. Die Männer betreiben im Seitenhaus, wo einmal die Griechen sonntags zum Gottesdienst ein und aus gingen, eine Küche, in der sich die Frauen zum Essen versammeln. Der Duft nach Kardamom und Kurkuma mischt sich jetzt im Hof mit dem Geruch nach Knoblauch und Fisch vom Spanier. Im Frühling laden sie uns zum Neujahrsessen ein. »Nouruz«, lernen wir, Neues Jahr.

Die Frauen sind immer wach. Sie sitzen vor den Bildschirmen und empfangen Botschaften des Schreckens aus ihrem Land. Wenn sie etwas von ihrem Leben im Iran erzählen, sprechen sie nur davon. Sie erzählen nicht von ihrer Kindheit, ihrem Elternhaus, nicht von dem Ort, an dem sie aufgewachsen sind. Sie leben mit einem Gelübde, wie in einem Orden. Sie sprechen nur von ihrer Aufgabe in dieser Welt: dem Sturz eines Regimes, das im Namen Gottes tötet, foltert und unterdrückt. Nahezu alle haben es selbst erlebt. Sie hatten Weggefährten, die hingerichtet wurden, eine Schwester, einen Bruder, einen Mann. Von allen, die gegen die Herrschaft der iranischen Geistlich keit aufstanden, haben sie die meisten Toten zu beklagen. Viele von ihnen haben nie etwas anderes gekannt als ein Dasein im Kampf. Die Waffen, die sie einmal besaßen, haben sie niedergelegt. Jetzt gehen sie mit Adressenlisten auf die Straße, um Geld für den Widerstand in ihrem Land zu sammeln. Auf den Faltblättern, die sie verteilen, beschreiben sie ihren Weg in eine andere, bessere Welt mit Worten, wie auch ich sie einmal benutzt habe, ohne

Zwischentöne. Sie folgen der Logik ihres Kampfes. Auch die Fotos auf den Faltblättern, dienen einem Zweck, sollen etwas erreichen. Nicht Trauer, nicht Schmerz, sondern einen Zorn, der den Kampf vorantreibt. Es sind Bilder junger Mädchen, die wie ein leichtes, wehendes Bündel an Kränen schweben, mit dem Tod bestraft von Männern, wegen einer verbotenen Liebe und eines unbeugsamen Ich. Auch das Foto eines jungen Mannes ist auf einem Faltblatt zu sehen, um dessen Hals bereits eine Schlinge liegt, im frisch gebügelten Hemd vom Schreibtisch zum Sterben geholt, in der Brusttasche noch den Kugelschreiber. Es gibt Zeiten, in denen sich die Schreckensnachrichten nachts auf den Bildschirmen der Computer überstürzen. Einmal sehe ich eine der Frauen auf der Treppe sitzen und weinen. Ich kann mich nur zu ihr setzen. Ich weiß nichts zu sagen, nichts mit ihren Worten, die sich auf einer Geraden vorwärts bewegen zum Ziel, das bereits festgelegt ist in allen Einzelheiten, mit verteilten Ämtern und Funktionen, mit einer Präsidentin im Exil, die einmal die Macht übernehmen soll in ihrem Land. Wir sind Nachbarn, keine Weggefährten. Aber bevor ich schlafen gehe, schaue ich von der Kammer zum Hof aus noch einmal zu ihnen hinüber und fühle mich beim Anblick dieser Frauen, die Nacht für Nacht in immer gleicher Haltung zum Bildschirm gebeugt von der gegenüberliegenden Wohnung aus den Sturz der Mullahs in ihrer Heimat vorbereiten, auf eine mir selbst unerklärliche Weise behütet.

44 Wären die Iranerinnen nicht wieder ausgezogen, hätten sie möglicherweise das, was später geschah, im ersten Augenblick dem Geheimdienst ihres Landes zugeschrieben. Die Bedrohung, der die Frauen aus der Ferne ausgesetzt waren, rückte näher an uns heran. Einmal zögerte ich, ein an sie gerichtetes Paket anzunehmen, weil ich Angst hatte. Als dann die Polizei das Haus stürmte, wären die Iranerinnen vielleicht gar nicht auf den Gedanken gekommen, dass mit dem geplanten Anschlag nicht sie gemeint waren, sondern eine der jungen Frauen, wie sie jetzt im spanischen Restaurant an der Seite von Russen oder Ukrainern auftauchen. Seit dem Sommer kann man sie, blond und stark geschminkt, auf der Terrasse beobachten, wie sie schweigend dem Griff der schwarz gekleideten Männer zu den Mobiltelefonen folgen, die wie eine Waffe neben dem Teller liegt. Ab und zu steht eine der Frauen auf, nimmt ihre Handtasche, verlässt den Tisch und steigt in ein Auto, um nach einer Stunde oder mehr wieder an ihren Platz zurückzukehren.

Seit Monaten leben wir an den Wochenenden nahezu allein in dem Haus an der Kreuzung. Es ist zum dritten Mal verkauft worden. Alle Wohnungen zur großen Straße hin sind leer. Zuletzt ist auch der Orthopäde ausgezogen, zu dem er hin und wieder hinuntergestiegen war, um sich eine schmerzlindernde Spritze geben zu lassen. Nur zur Seitenstraße hin gibt es während der Woche Leben in den Etagen. Ein einzelner Mieter wohnt noch im ausgebauten Dachgeschoss. Der Zahnarzt betreibt seine Praxis nach wie vor unter uns, und über uns sind die schweren, schnellen Schritte zu hören, wenn der Nachbar seinen Wohnsitz auf dem Land wieder mit dem in der Stadt eingetauscht hat. Der Sicherheitsexperte aus der vierten Etage rechts ist nicht aus dem Krankenhaus zurückgekehrt, und seine Frau sitzt eine Weile allein in dem kleinen asiatischen Restaurant an der Ecke beim Reisgericht. Als ihre Augen sie im Stich lassen und sie im Treppenhaus niemanden mehr erkennt, gibt sie die große Wohnung auf. Seitdem steht sie leer.

Am Sonntagvormittag oder an frühen Abenden treffen die Makler ihre Verabredungen mit möglichen Käufern. Man erkennt die Interessenten bereits vor dem Haus. Mit erwartungsvollem Lächeln wandern ihre Blicke an der Fassade auf und ab. Treten sie in den verspiegelten Marmoreingang, sind ihre begeisterten Ausrufe zu hören. Wenn sie durch unsere Wohnung gehen, richten sie sich in Gedanken ein. Die Küche, sagen sie, könne bleiben. Sie sind geblendet von dem Stuck an der Decke und schauen in die eingebauten Wandschränke, als wären sie bereits eingezogen. Manche scheinen Wohnungen zu sammeln, in München, New York und jetzt auch in Berlin. Wenn sie aus dem Fenster auf die vorbeirollenden Autoschlangen schauen, fragen sie, ob es hier laut sei. Nach dem Lärm der Spanier fragen sie nicht, auch nicht nach dem Club nebenan, dessen Musik an den Wochenenden in den Hinterhof dröhnt. Aber sie spitzen die Ohren, wenn sie die schweren eiligen Schritte des Mieters über uns hören.

Eine Wohnung nach der anderen wird verkauft. Dann füllt Baulärm das Haus. Keine Wohnung bleibt, wie sie einmal war. Grundrisse werden verändert. Trupps polnischer, bulgarischer oder rumänischer Arbeiter reißen Wände heraus und erschüttern das alte Haus durch alle Stockwerke hindurch. In einer Nacht bricht von dem kleinen, in die Kreuzung hinausragenden Balkon im vierten Stock ein großes Stück ab und fällt krachend auf den Bürgersteig. Der verspiegelte Aufzug fährt Bauschutt rauf und runter. Der rote Sisalteppich im Treppenhaus wird herausgerissen, das abgetretene Linoleum nicht erneuert. In einer Wohnung wird das alte gerissene Eichenparkett abgetragen und durch eine Imitation ersetzt. Als der Baulärm abnimmt und verstummt, fahren Lastwagen vor. Möbelpacker tragen teures Mobiliar in die aufwendig renovierten Wohnungen. Doch als alles fertig ist, scheint niemand einzuziehen. Manchmal brennt irgendwo im Haus Licht, aber von der Kammer aus entdecke ich keine Menschenseele. In den Zimmern zum Hof sind neue Fenster mit Scheiben eingebaut worden, durch die man keinen Schatten sieht, keine Bewegung, nur diffuse ins Glas eingelassene Schlieren, an denen jede Nachbarschaft endet. Kein Fenster steht jemals offen. Selten steigt jemand die Treppe hinauf und öffnet eine der Türen, an denen Namensschilder in verschiedenen Sprachen zu lesen sind, die von Zeit zu Zeit wieder abgenommen und durch andere ersetzt werden. Ich höre keine menschlichen Geräusche, außer hin und wieder die vertrauten Schritte des Bewohners über uns. Ich spreche mit niemandem im Treppenhaus, außer dann und wann mit dem Mieter aus dem Dachgeschoss, der mit mir flüstert, seit er an den Stimmbändern operiert wurde.

45 Seit die Iranerinnen nicht mehr in den Nächten an den Bildschirmen sitzen und geschäftig die Treppe rauf- und runtereilen, herrscht im Haus eine nahezu unheimliche Lautlosigkeit. Aber es ist keine Stille, keine Ruhe, sondern die Abwesenheit von Leben. Sie liefert uns dem Lärm von der Straße und vom Spanier ohne Gegenwehr aus. Nachts sind es nicht die unzähligen Autos, die uns aus dem Schlaf reißen, sondern einzelne Raser, die sich mit frisierter Auspuffanlage zwischen Funkturm und Bahnhof Zoo ihre Rennen liefern. Unsere Straße wird ab Mitternacht zur Piste. Wenn die Männer zwischen fünf- undzwanzig und vierzig in ihren Maseratis, Lamborghinis und matt lackierten Porsches die Straße entlangdröhnen, lassen sie genau auf der Höhe unserer Kreuzung die Motoren mit einer Fehlzündung aufheulen. Als ob sie mit dem Knall ein Revier markieren und zeigen wollten: Wir sind da. Manchmal versammeln sie sich vor dem Club nebenan oder biegen beim Spanier ein, führen ihre Autos vor, gehen kurz hinein, winken diesem oder jenem zu, drehen die Motoren noch einmal hoch und verschwinden, Todesboten, die durch die Nacht jagen, bereit, alles niederzuwalzen, was ihnen in den Weg kommt.

Es ist eine kalte Nacht im November. Ich bin in meiner Werkstatt mit einer neuen Decke beschäftigt. Auf dem Boden sind Stoffe ausgebreitet, die ich mit passend erscheinenden Farbtönen zusammenlege. Er hatte noch am Schreibtisch gesessen. Als er durch die Scheiben das Flackern von Blaulicht wahrnahm, war er aufgestanden und hatte aus dem Fenster geschaut. Die Kreuzung ist mit mehreren Mannschaftswagen abgesperrt, der Verkehr wird umgeleitet. Die Bewohner des Hauses gegenüber werden aus den Wohnungen geholt und zu bereitstehenden Polizeibussen geführt. Die Gäste aus dem spanischen Restaurant stehen unschlüssig auf der Kreuzung herum, verziehen sich in die Seitenstraßen oder laufen ebenfalls auf die Busse zu.

Vom Treppenhaus her hört man jetzt, wie in allen Wohnungen an unserem Eingang gleichzeitig Sturm geklingelt wird. Dann rennen Polizisten die Treppe hoch und schlagen an die Türen. Nur das Wort »Evakuierung« fällt. Die Polizisten drängen zur Eile. Aber er kann sich nicht beeilen. Quälend langsam stellt er die Stöcke ab, lehnt sich an die Wand und tut das, was er jeden Tag tut. Er zieht seinen Mantel an und knöpft ihn zu. Einen Knopf nach dem anderen. Er kann sich den Mantel nicht überwerfen. Er würde stürzen. Mit jedem Knopf, den er schließt, stemmt er sich gegen das, was sich da unten auf der Kreuzung zusammenbraut. Er tut es schweigend, hält sich daran fest und schließt den Mantel wie eine Hülle. Was um ihn herum geschieht, muss er sich vom Leib halten, er muss sich abschotten gegen das Drängen, gegen die Gefahr, die im Verzug ist, wie es heißt. Entweder er schafft es, auf seine Weise aus dem Haus zu kommen, oder er schafft es nicht. Panik in seinen Beinen. Er kann sie nicht mehr bewegen. Ein Reflex, gegen den sein Kopf machtlos ist. Alles in ihm ist nur auf das Nächste gerichtet: die Beine aus der Erstarrung zu lösen und einen Schritt zu tun, dann noch einen. Den Aufzug darf er nicht benutzen. So setzt er zitternd einen Fuß vor den anderen und steigt rückwärts, eine Hand am Geländer, in der anderen die beiden Stöcke Stufe für Stufe die Treppe hinunter. Die Polizisten würden ihn am liebsten aus dem Haus tragen. Aber er lässt es nicht zu. Sie wollen ihm die Stöcke abnehmen, damit es schneller geht. Aber es geht nicht schneller, und er gibt die Stöcke nicht aus der Hand. Auf der Kreuzung hektisches Gerenne. Jeder will nur weg, nichts wie weg. Dann aber bleiben die meisten doch stehen, können sich nicht lösen von der Gefahr, die nicht benannt wird, wollen wissen, was geschieht. Langsam zwingt er seine angsterfüllten Beine durch die verschreckte Menge, die ihm im Weg steht. Er schaut nicht hoch, nur auf seine Füße, aufs Äußerste konzentriert.

46 Der Mieter aus der Dachwohnung steigt zuletzt in den Bus. Als die Polizisten sich daranmachten, seine Wohnung von beiden Eingängen her gleichzeitig zu stür-men, hatte er, auf dem Weg von der vorderen zur hinteren Tür, versucht zu rufen. Aber sein geflüstertes: »Ich kom-me ja schon!« hatte niemand gehört, und er konnte sich gerade noch von innen mit Fäusten an den Eingängen bemerkbar machen, bevor die Polizisten die Brecheisen ansetzten.

Im Bus reden alle durcheinander. Sie spekulieren über al-Qaida, die Mafia oder die Russen, die jetzt überall ihre Finger im Spiel hätten, oder auch darüber, ob vielleicht irgendwo eine Gasleitung ein Loch hat und alles in die Luft fliegen könnte. Es ist etwas geschehen, was sie mit-ten in der Nacht aus ihren Ein- oder Zweizimmerwoh-nungen des gegenüberliegenden Neubaus getrieben hat, wo sie um diese Zeit noch wach waren. Es sind einzelne Menschen oder Paare, die ich an den Abenden, wenn das Licht eingeschaltet ist, wie in Schaukästen kommen und gehen sehe. Niemand hält ein schlafendes Kind auf dem Schoß. Das Haus gegenüber scheint ein Haus für Ungebundene oder Durchreisende zu sein. Auch die afrikanischen Mädchen mit den abstehenden Zöpfen sitzen nicht mit im Bus und sind auch nicht mehr auf dem obersten Balkon zu sehen. Vielleicht ist der einsame Esser der einzig Beständige auf der anderen Straßenseite. Einer der bleibt, ins Zimmer tritt, sich vom Stuhl zum Tisch bewegt, sitzt und isst, den Teller wegräumt, das Licht löscht und verschwindet. Jeden Tag aufs Neue. Jetzt im Bus kommt er mir kleiner vor. Möglicherweise ist es die Perspektive, der Blick von schräg oben in einen tiefer liegenden Fensterausschnitt, der ihn in die Länge gezogen und ihm eine große Gestalt gegeben hat. Von gegenüber aus kam es mir vor, als könnte der einsame Esser mit Leichtigkeit die Zimmerdecke mit der Hand berühren. Im Bus aber sehe ich, wie zierlich er ist. Dennoch erkenne ich ihn an seinen schönen, geschmeidigen Bewegungen zwischen den Sitzreihen, an dem biegsamen Gang, an seinen langen, im Nacken gebündelten Haaren, als er nach vorne zum Fahrer geht, um zu fragen, wie lange das hier eigentlich noch dauern soll. Als er sich umdreht, um zu seinem Platz zurückzukehren, schaue ich in das Gesicht einer alten Frau.

Ein weißhaariger Mann hat seinen Platz in der Reihe neben uns. Er fühle sich, sagt er, wie in einer Zeitmaschine, Jahrzehnte zurückversetzt. Da war er vor den Nazis aus Berlin geflohen. Gerade sei er aus Südamerika wieder nach Deutschland zurückgekehrt, um seine Memoiren zu schreiben. Und nun, sagt er, habe man ihn schon wieder aus seiner Wohnung geholt wie damals und er sitze in einem Polizeiauto. Alle reden plötzlich vom Zweiten Weltkrieg und einer Panzerfaust, die vielleicht auf dem

Spielplatz an der S-Bahn-Brücke entdeckt worden ist. Das Wort Bombenalarm fällt.

Der Polizist, der mit einer Polizistin, die er »meine Flamme« nennt, am Steuer des Busses sitzt, spricht es ein einziges Mal aus. Dann redet er nur noch von dem »Ding«, das entschärft werden muss. Wo sich das »Ding« befindet, kann er nicht sagen. Denn im Ernstfall wisse die rechte Hand nicht, was die linke tut. Wir legen die Arme umeinander, er und ich, und der Ernstfall streift uns wie eine Filmsequenz. Es ist nicht wirklich, was geschieht. Wir haben nichts mitgenommen. Nur den Hausschlüssel, nicht mal einen Ausweis, kein Geld, nichts für den Ernstfall.

Es dauert Stunden, bis das »Ding« entschärft werden kann. Die Häuser sind zwar längst leer, auch die S-Bahn fährt nicht mehr, aber immer noch kommen ICE-Züge über die Brücke, die von der Zentrale in Frankfurt aus angehalten werden müssen. Die Zentrale aber hat noch kein grünes Licht gegeben, meldet der Busfahrer. Es ist stiller in den Sitzreihen geworden. Manche sind eingeschlafen, andere schweigen. Als auch der ICE nicht mehr fährt, ist das »Ding« wenig später entschärft. Die Leute gähnen, strecken sich und dürfen in ihre Wohnungen zurückkehren. Die Gäste aus dem spanischen Restaurant setzen sich wieder an ihre Tische, auf denen das Essen inzwischen kalt geworden ist. Einige Stühle aber bleiben leer. Die noch vor wenigen Stunden darauf saßen, haben längst das Weite gesucht.

47 Ich weiß nicht, wann die junge Frau ihr Auto unter unserem Schlafzimmerfenster abgestellt hatte. Es war mir aufgefallen, als ich eines der beiden Fenster öffnete, um das Zimmer für die Nacht zu lüften. Der in metallisch glänzendem Gold lackierte Mercedes älteren Baujahrs stach von der parkenden Reihe meist schwarzer Wagen ab. Gespiegelt durch eine Fensterscheibe im Haus gegenüber, hatte sich im Zusammenspiel mit dem goldenen Auto und vorbeieilenden Passanten eine geheimnisvolle Collage ergeben. In diesem Augenblick hatte ich daran gedacht, dass dieses Bild die Großstadt beschreibt. Was ich in der Spiegelung nicht hatte erkennen können, war der schmale offen stehende Spalt der Fahrertür. Kurz darauf hatte ich das Fenster geschlossen.

Im spanischen Restaurant ist wie immer die ganze Nacht hindurch lebhafter Betrieb. Autos fahren vor, laden Gäste ab, die mit lautem Gelächter von anderen begrüßt werden. Autos halten in zweiter Reihe. Mit schrillem Aufschrei zwängen sich Frauen auf den Rücksitz, rufen den Zurückbleibenden noch etwas zu oder begrüßen schon wieder die nächsten, die aus einem Taxi steigen. Irgendwann in dem Kommen und Gehen muss jemand den goldenen Mercedes unauffällig aufgebrochen und die Handgranate unter den Fahrersitz gelegt haben. Den Sicherungsstift hatte er mit einer Schnur verbunden. Beim Öffnen der Tür wäre die Granate gezündet worden. Vielleicht saßen sie an diesem Abend alle gemeinsam auf der Terrasse unter dem Heizstrahler beim Essen, der Mörder, die Auftraggeber und die Frau, die sterben sollte, ihre Mobiltelefone auf dem Tisch. Der Mörder muss alles im Blick gehabt haben, das Auto und jeden einzelnen Betrunkenen, der sich hätte an den Wagen lehnen können, jeden Passanten, der die Tür vielleicht auch nur schließen wollte, damit alles seine Ordnung hätte. In dem Augenblick jedoch, als sich die junge Frau vom Tisch erhob und sich ihrem Auto näherte, werden alle, der Mörder und seine Auftraggeber, in Windeseile von der Terrasse verschwunden sein. Sie hatten vor Augen, was sich in wenigen Sekunden vor dem Restaurant abspielen würde. Sie wussten, dass eine Splitterhandgranate im Umkreis von zwanzig Metern tötet. Aber die junge Frau, geschult im Milieu von Prostitution und russischer Automafia, wie es in der Zeitung heißen wird, ist umsichtig und begreift. Sie hätte in diesem Augenblick ebenfalls verschwinden können, wie die, die ihr und unzähligen anderen Menschen den Tod zugedacht hatten. Indem sie die Polizei anruft, hat sie, aus welchen Motiven auch immer, eine Katastrophe verhindert. Dann taucht sie ab in die Dunkelheit, wechselt die Wohnungen und findet doch keinen Weg aus dem Verhängnis, in das sie in ihrem kurzen, gefährlichen Leben geraten war.

Zwei Monate schafft sie es zu überleben. Im Januar aber, als es heftig zu schneien beginnt, holt sie der Tod ein. Es ist Sonntagabend. In der Winterfeldtstraße steigt sie in einen Toyota-Jeep, um rückwärts aus einer Parklücke zu fahren, als der Mörder die Tür aufreißt und auf den Beifahrersitz springt. Sie muss noch versucht haben, den Mann abzuschütteln, gibt Gas und stößt beinahe mit dem Auto des einzigen Zeugen zusammen, der sie, wenn auch nur aus dem Augenwinkel, noch lebend gesehen hat. Aber der Mörder sitzt bereits an ihrer Seite. Die letzten hundert Meter fährt sie, eine auf sie gerichtete Waffe neben sich. Kurz hinter dem Falafel-Imbiss zwingt der Mörder sie nach links in die unbelebte Frobenstraße abzubiegen und in eine Parklücke zu fahren. Dort schießt er ihr in den Kopf. Der Auftrag ist erledigt. Schnee fällt auf das Auto. Er fällt die ganze Nacht. Der silberne Toyota-Jeep ist bald vollständig zugeschneit. Gegen Mittag, als sich die Schneeschicht an der Windschutzscheibe senkt, entdeckt einer, der vorbeigeht, die junge Frau in ihrem Blut, der Kopf niedergesunken auf das Lenkrad. Zu Hause, in der Ukraine, zwei kleine Kinder, in der Stadt Cherson, am Schwarzen Meer.

Es schneit noch immer, als wir wenige Tage später zusammen die Winterfeldtstraße entlanggehen. Bei jedem Schritt tastet er mit den Stöcken nach Eis auf dem Grund. Dann erst zieht er die Füße schwer durch die Schneedecke. Kurz hinter dem Falafel-Imbiss biegen wir in die Frobenstraße ein. Es sind nur ein paar Schritte bis zu dem im Dunkeln liegenden Haus mit der Nummer vierzehn,

gegenüber einer weit zurückgesetzten, im Halbkreis an-
gelegten Wohnanlage. Für ihn ist der Weg lang. Mit dem
Auto war es nicht einmal eine Minute. Die letzte ihres
Lebens.

Wochenlang suchen sie nach dem Mörder. Als keine
Hinweise aus der Bevölkerung eingehen, wird die Zeit
zurückgedreht. In einer Nacht gegen Ende des Winters
ist unsere Straße gesperrt, ausgeleuchtet mit Lampen an
hohen Kränen. Die Kamera auf Schienen. Alle parkenden
Autos abgeschleppt, außer unserem. Da steht er wieder,
der goldene Mercedes unter unserem Schlafzimmerfenster. Die Fahrertür einen Spalt weit geöffnet. Während der
kommenden Monate flimmert das Bild vergeblich in den
Fahndungssendungen über die Fernsehschirme.

48 Als es Frühling wird, träume ich, dass er seine Stöcke wegwirft. Er sagt: »Mir reicht's!« und schmeißt sie
an den Straßenrand. Wenn er in seinen eigenen Träumen
ohne Stöcke geht, ist er tagelang glücklich. Manchmal ver-
gisst er sie auch im Traum und geht zurück ins Haus, um
sie zu holen. In Wirklichkeit aber bleiben sie am Pfingst-
samstagabend auf dem Wagendach liegen, als er auf dem
Land, vor dem Haus von Freunden ans Auto gelehnt, unbeschwert freihändig dagestanden hatte. Mit ausgebreiteten Armen hatte er in den von Sternen übersäten Nacht-
himmel geschaut. Zum Abschied hatte er seine Arme um
die Freunde gelegt und war eingestiegen.

In Berlin, angekommen auf dem Parkplatz, greift er ins
Leere neben dem Sitz. Ohne Stöcke, sagt er, ist er verloren. Irgendwo müssen sie vom Dach gerutscht sein. Es
könnte, kommt es uns jetzt in den Sinn, in dem kleinen
Dorf gewesen sein, auf der Höhe der Backsteinkirche mit
dem Storchennest auf dem Turm, dort, wo wir glaub-
ten, ein Geräusch gehört zu haben. Etwas schien auf das
Kopfsteinpflaster gefallen zu sein. Ins Gespräch vertieft,
hatten wir dem keine Bedeutung beigemessen. Vielleicht,

so malen wir uns jetzt im Auto sitzend aus, werden die Stöcke am Sonntagmorgen den Kirchgängern von Pechü-le als göttliches Zeichen erscheinen, fortgeworfen von ei-nem, dem in der Nacht zu Pfingsten ein Wunder geschah.

Dann hält er sich mit der einen Hand an meinem Arm fest und tastet sich mit der anderen an der Wand entlang zum Haus, vorbei an den Musikern. Mit Akkordeon, Kla-rinette und Saxophon stehen sie wieder auf der Terrasse des Spaniers und spielen ihr einziges Lied – »Bésame mu-cho«.

Alles, was auf diesen Seiten zur Sprache kommt, hat sich auf diese oder jene Weise ereignet. Dennoch ist keine Person, kein Ort und kein Geschehnis mit der Wirklichkeit gleichzusetzen.